ビーズログ文庫
アリス

A3!

めざめる月

JN250126

イラスト／冨士原良

この作品はフィクションです。実在の人物、団体名等とはいっさい関係ありません。

CONTENTS

序章　それぞれの新生活

とある地方都市のホテルの宴会場《えんかいじょう》の入り口に、「MANKAIカンパニー春組《はるぐみ》ご一行様」の名前が掲《かか》げられていた。お盆《ぼん》を持った仲居がしずしずと出てくると、室内からにぎやかな乾杯《かんぱい》の歓声《かんせい》が弾《はじ》ける。

「みんな、お疲《つか》れさま～！　ロミジュリ再演大成功だったね！」

立花《たちばな》いづみが満面の笑《え》みで、水滴《すいてき》の浮《う》かんだビールジョッキを掲げる。

MANKAIカンパニーの総監督《そうかんとく》であるいづみと春組メンバーはつい数時間前、ホテルにほど近い劇場で地方公演の千秋楽《せんしゅうらく》を迎《むか》えたばかりだった。

旗揚《はたあ》げ公演の『ロミオとジュリアス』から第二回、第三回と公演を重ねていたが、地方での興行はいづみたちにとって初めての試みとなる。ビロードウェイでの知名度は徐々に上がってきたものの、全国区となると不安が残った。しかし蓋を開けてみれば、一週間ほどの公演はすべてソールドアウトし観客の評判も上々という結果に終わった。

皆《みな》、一様に解放感と達成感に包まれた様子で笑顔《えがお》を浮かべている。

「やっぱり、アドリブで方言ネタ入れたのは正解だったな」

佐久間咲也《さくまさくや》が大きくうなずく。

「すごい盛り上がってましたよね！」

脚本《きゃくほん》担当でもある皆木綴《みなぎつづる》がしみじみと漏《も》らすと、茅ヶ崎至《ちがさきいたる》と碓氷真澄《うすいますみ》が半眼《はんがん》になる。

「ご当地ネタ鉄板ネ。ワタシも色々入れたよ」

得意満面でシトロンが自らの胸を叩《たた》くと、

「ご当地はご当地でも、シトロンの国ネタじゃな……」

「誰《だれ》もわからない」

シトロンのアドリブで何度も観客の頭に？マークが浮かんだ瞬間《しゅんかん》を思い出しながら、いづみが噴《ふ》き出す。そのたびに座長である咲也が空気を変えていたということも、印象深かった。

「咲也くんもすっかり座長が板についていたね」

旗揚げ公演は咲也にとって初めての舞台《ぶたい》、初めての主演と初めてづくしで、座長として皆を引っ張るというよりは、無我夢中《むがむちゅう》で駆《か》け抜《ぬ》けていった印象だった。

あれから一年が経《た》ち、咲也は芝居《しばい》の上達と同時に春組リーダーとしての経験も積み、立派に座長を務め上げていた。

「久しぶりにロミオをやれて、すごく楽しかったです。真澄くんとも、初演の時より息が合ったような気がして――」

咲也が照れたように頭を掻《か》きながら、真澄に視線を送る。

「……俺は別にそんなこと思わなかったけど」

「ええ!?」

真澄が海老《えび》の天ぷらを食べながら素《そ》っ気《け》なく返すと、咲也がショックを受ける。

「確かに、初演の時よりも二人の細かいやり取りの部分が良くなってた！」

「本当ですか!?　良かった！」

いづみがフォローすると、咲也はほっとしたように胸を撫《な》で下《お》ろし、真澄も表情を一変させた。

「アンタのためにがんばったから」

整った容貌《ようぼう》の真澄が微笑《ほほえ》むと、冷たい印象が一変する。

「相変わらず手のひら返すの速いな！」

「即行《そっこう》ネ」

露骨《ろこつ》な態度の変え方を見て、綴とシトロンが苦笑いした。

「ちなみに、水野《みずの》さんも観《み》に来てくれてたよ。受け取ったアンケートもびっしりだった」

いづみがふと思い出して、綴に告げる。幼馴染《おさななじみ》であり、熱烈《ねつれつ》な綴ファンでもある水野の名前を出すと、綴は照《て》れ臭《くさ》そうな笑みを浮かべた。

「あー……はは。ロミジュリについては、水野に観てもらえたと思うとなんかむずがゆいっすね……」

そう言いながらも喜びがにじみ出る綴の表情を見て、いづみは顔をほころばせた。

(ロミジュリは、水野さんと出会ってなかったらできてなかった演目だもんね)

小学生の頃《ころ》、綴の書く物語がきっかけで仲良くなった二人の友情は、綴の家庭環境《かんきょう》を理由に、水野の親の手で引《ひ》き裂《さ》かれた。綴はその出来事を元に、家の事情で引《ひ》き離《はな》されるロミオとジュリアスの友情物語を書いたのだ。

結果的にはその公演がきっかけで、数年ぶりに水野との再会を果たすことにもなった。

「でも監督《かんとく》の言う通り、同じ演目だと、差がわかりやすくて面白《おもしろ》かったっす」

綴がふと真面目な表情で続けると、至も小さくうなずいた。

「前は苦労したところが、すんなりできたりな」

「そうそう！」

止《や》むにやまれぬ事情から、芝居経験なしの状態で短期間の稽古《けいこ》しかできなかった旗揚《はたあ》げ公演に比べると、稽古も積み、本番の回数もこなした今は、芝居の技術も経験値も大きく違《ちが》う。

「ワタシは物足りないネ」

「あー、ロミジュリは当時のシトロンさんに合わせて、セリフ少なくしましたしね」

口をとがらせるシトロンに、綴が懐《なつ》かしそうに相槌《あいづち》を打つ。

「みんな、それだけ成長したってことだよね」

いづみも目を細めてうなずいた。

「もっとハコダテのある役やりたいヨ！」

「ハコダテ？」

意気揚々《いきようよう》と告げられたシトロンの言葉を聞いて、咲也が首をかしげる。

「歯ごたえ？」

「なるほど」

黙々《もくもく》と天ぷらを平らげていた真澄も会話は聞いていたのか、ぼそっとつぶやくと、綴が感心したようにうなずいた。

「そろそろ、次の公演のことを考えないとね」

新鮮《しんせん》な刺身《さしみ》に箸《はし》を伸《の》ばしながら、いづみが口を開く。

「新公演、楽しみネ！」

「期待アゲ」

シトロンが嬉々《きき》として声をあげれば、至もテンションが低いなりに続く。

「それでね、みんなにちょっと大事な話があるんだ」

いづみはマグロの刺身を飲み込むと、改まった調子でそう切り出した。

「左京《さきょう》さんや綴くん、雄三《ゆうぞう》さんとも話したんだけど、春組の次の公演から各組の団員を一人ずつ増やそうかと思ってるの」

もともと公演を行うのに最低限必要と考えられた人数が各組五人だった。

今では劇団員二十人の大所帯となった新生ＭＡＮＫＡＩカンパニーも、いづみが総監督となった時は佐久間咲也一人しかいなかった。

かつて栄誉《えいよ》ある演劇賞のフルール賞にノミネートされるほど劇団が盛り上がっていた頃の面影《おもかげ》もなく、多額の借金まで抱《かか》えていた。

いづみはそんな状況下《じょうきょうか》で、債権者《さいけんしゃ》である古市《ふるいち》左京から、一年で春夏秋冬の各組の団員を揃《そろ》え、旗揚げ公演を行うということを劇団存続の条件の一つとして出されていた。

幸い、無事に条件をクリアし借金も返済できたが、集められた劇団員は最低限の人数だけだ。

「ニューフェイスネ!?」

「これ以上ライバルはいらない。アンタには俺だけいればいい」

シトロンが喜びの声をあげるのに対し、真澄は真剣《しんけん》なまなざしでいづみを見つめながら真っ向から否定する。

「そういう話じゃなくて！」

いづみは真澄をなだめると、先を続けた。

「メインキャストを増やすことで綴くんの脚本の幅《はば》を広げられるし、新しい団員の参加で劇団の活性化を図《はか》れるかなって」

「新しい人が増えるの、楽しみですね！」

「またオーディションやるの？」

咲也がワクワクした様子で笑顔を浮かべると、至がたずねる。

「それも考えたんですけど、今回は紹介《しょうかい》とかスカウトっていう形をとろうかと思ってます。左京さんが言うには、それなりに有名になった今は、できれば素性《すじょう》のはっきりしてる人がいいって」

「確かに、公募《こうぼ》して応募《おうぼ》が殺到《さっとう》しても現状さばききれないっすね」

いづみの説明を聞いて、綴が納得《なっとく》したように応える。

「と見せかけて応募者０人っていうオチ」

「なんだか、色々とよみがえりますね……」

至がぼそっとつぶやくと、咲也が顔を引きつらせる。

春組の団員はオーディションを開催《かいさい》する時間もなく、いづみと咲也が道端《みちばた》でスカウトして集めた。夏組以降はオーディションが行われたが、いづみがあらかじめ声をかけた知り合いを含《ふく》めて、ようやく五人揃ったパターンばかりだった。

「さ、さすがに、最初の時よりは来るんじゃないかな！　ろ、六人くらいは！」

「控《ひか》え目《め》」

「十分しょぼいっす」

団員集めの苦労を思い出しながら乾《かわ》いた笑いを浮かべるいづみに、至と綴が半笑いで突《つ》っ込《こ》む。

「とにかく、そういうわけで、誰かいい人がいたら教えてほしいの」

「はい！」

いづみが話をまとめると、咲也が元気よく返事をした。

「被《かぶ》らないキャラ探すヨ～！」

「シトロンさんと被る人見つける方が大変だから」

彫《ほ》りの深いエキゾチックな美形と、見た目からして目立つシトロンの発言に、綴が冷静に突っ込んだ。

と、どこからかスマホの着信音が聞こえてきた。

いづみがきょろきょろと辺りを見回す。

「あれ？　電話鳴ってる？」

「真澄くんのじゃない？」

咲也が真澄のポケットを指す。

真澄はスマホを取り出して、ちらりと画面を確認《かくにん》すると、再びポケットにしまった。

「出なくていいの？」

「知らない番号」

「そう？」

いづみの問いかけに対して、真澄が首を横に振《ふ》ると、間もなく着信音が止んだ。

「監督さん、新しい劇団員って寮《りょう》に入るの？」

「その人次第《しだい》ですけど、入寮《にゅうりょう》希望だったらそうなりますね。部屋はあと一人分余ってますし」

至が思い出したようにたずねると、いづみは首をかしげながら答える。

「二人部屋とか面倒《めんどう》くさい……俺の城が侵《おか》される……」

現在、春組に割り当てられた部屋で空いているのは、至の部屋の半分だけだ。ただ、重度のゲーマーである至の部屋は、ゲームの機器が散乱していてスペースがない。

「わがまま言わないでください！」

「新人さんは自分の家から出ない引きこもり希望で」

「それじゃ舞台出られないでしょ！」

至の無茶苦茶な発言に、いづみが逐一《ちくいち》突っ込む。

「そんなに嫌《いや》なら、同室になっても面倒くさくなさそうな人を見つけてくりゃいいじゃないですか」

「引きこもりじゃなくても、自宅から通いたい人ならいるかもしれませんよ」

あきれたような表情で綴が助言すると、咲也も続ける。

「同じタイプのオタクとか」

「なる……」

真澄も面倒そうに告げると、至は考えるように視線を宙に浮かせた。

そこで、再びさっきの着信音が鳴り始めた。

「真澄くん、また鳴ってるよ。出てみたら？」

「アンタからの着信以外出ない」

いづみが促《うなが》すも、真澄はきっぱりと否定する。

「そうだったんだ⁉　どうりでいつも真澄くんに電話しても出ないなと思ってたんだ」

「咲也からの電話は出てやれよ！」

咲也が驚《おどろ》いたように声をあげると、すかさず綴が真澄に突っ込んだ。

「真澄くん、知ってる人からの電話は出ようね……」

いづみがあきれたようにたしなめるも、真澄は涼《すず》しい顔で味噌汁《みそしる》をすすった。

MANKAI寮にいつもの朝が訪《おとず》れる。

朝一番で出ていくのは、この春から共に聖《せい》フローラ高校へと進学した向坂椋《さきさかむく》と瑠璃川幸《るりかわゆき》だ。

「いってきます！」

「いってきまーす」

エスカレーター式の学校であまり環境の変化がない二人は、同じ制服を着て、中学校の時と変わらない様子で一緒《いっしょ》に登校していく。

「いってらっしゃい！」

二人を見送ったいづみの後ろから、せわしない足音が聞こえてきた。

「真澄くん、遅刻《ちこく》するよ！　ほら、早く早く！」

「うるさい……」

咲也が眠《ねむ》そうな真澄の背中を押《お》して、急《せ》き立《た》てるように玄関《げんかん》へと促す。その光景自体は一年前から続いているが、この春からは咲也の服装が制服ではなくなった。

（咲也くんはもう卒業したのに、なんだかんだで真澄くんを起こしてあげてるんだな）

「咲也くん、今日はバイト？」

「いえ、今日は朝から客演で出る劇団の稽古です！」

劇団の活動との両立を考えて、咲也は進学や就職をせずにアルバイトという働き方を選んだ。まだ役者一本では生活できないものの、客演の機会も増え、忙《いそが》しく過ごしている。

「そっか、頑張《がんば》ってね。いってらっしゃい！」

「行ってきます！　ほら、真澄くん！」

咲也は隣《となり》で舟《ふね》をこいでいる真澄の背中を押しながら、寮の玄関を出ていった。

（真澄くん、卒業するまで、咲也くんに起こしてもらうのかな……）

いづみは内心苦笑《くしょう》しながら二人を見送った。

「行ってきます」

「っす」

軽く頭を下げながら、伏見臣《ふしみおみ》と兵頭十座《ひょうどうじゅうざ》がいづみの横をすり抜《ぬ》けていく。

「あ、二人とも、いってらっしゃい！」

「おい、十座──」

いづみが声をかけるのと同時に、足早にやってきた綴が十座を呼び止めた。

「お前演劇学取ったんだろ？　これ、俺が昔使ってたテキスト。同じ先生だから、使えると思う」

「あざっす」

綴が差し出したテキストを十座が受け取る。三人はそのまま連れ立って寮を出ていった。

その姿を、いづみがしみじみと眺《なが》める。

(それにしても、十座くんが臣くんや綴くんと同じ葉星《ようせい》大学に行くとは思わなかったな。ぎりぎりまで迷って決めた進学だから、受験勉強大変そうだったけど、無事に合格して本当に良かった)

準備をしていなかったこともあり、まったくの圏外《けんがい》だったところから、なんとか合格にこぎつけたのは、十座自身の努力はもちろん、至や月岡紬《つきおかつむぎ》、現役《げんえき》大学生たちがかわるがわる家庭教師を務めたおかげでもある。そばで応援《おうえん》していたいづみとしても、十座が無事に大学生として通学していく姿を見ると、感慨深《かんがいぶか》かった。

「ふああ……一限面倒くせー」

「セッツァー、待って待って！　一緒に行こ！」

あくび混じりに靴《くつ》を履《は》く摂津万里《せっつばんり》に同じ天鵞絨《びろうど》美術大学の先輩《せんぱい》である三好一成《みよしかずなり》が駆《か》け寄《よ》る。一年前は高校生だった万里も、今は十座と同じく大学生だ。

（びっくりしたと言えば、万里くんの天美《あまび》進学もびっくりだけど……）

万里は十座よりも少し早く進路を決めたとはいえ、その決定は同じくらい唐突《とうとつ》だった。

（演劇舞踊科《ぶようか》で本格的に演劇について勉強するって言いだしたときはうれしかったな）

元々十座に対する対抗《たいこう》意識だけで演劇を始めた万里も、今では十座と同じくらい演劇にのめり込み、大学でも真面目に学んでいる。

「カントクちゃん、行ってくるね～！」

「行ってきまーす」

一成も万里の隣に並んで出ていく。

「いってらっしゃい！」

いづみは二人の背中に手を振った。

「監督さん、もう新しい劇団員の募集《ぼしゅう》始めたの？」

学生組に遅《おく》れて、スーツ姿でゆったりと姿を現したのは至だ。

「心当たりに声はかけ始めようかなと思ってます」

「条件、一人暮らし（持ち家）にしといてね」

「厳《きび》しすぎです！　どんな人が来ても、仲良く同室で生活してくださいね」

一人部屋を死守《ししゅ》したいという自分の欲望を隠《かく》そうともしない至に、苦言を呈《てい》する。

「え〜」

「えーじゃありません！」

可愛《かわい》らしくブーイングをする姿は、二十四歳《さい》という年齢《ねんれい》には不釣《ふつ》り合《あ》いだが、いかにも好青年然とした美形がやると不思議と好ましく見える。とはいえ、いづみも慣れたもので、ぴしゃりと切り捨てた。

「はあ……いってきます」

「行ってらっしゃい！　お仕事がんばってくださいね！」

元気よく至を送り出すと、いづみは踵《きびす》を返して談話室へと向かった。

「さてと、私は久しぶりに劇団の公式ブログの更新《こうしん》でもしようかな」

朝食の時の喧騒《けんそう》もすっかり消《き》え失《う》せ、静まり返ったダイニングテーブルに一人座《すわ》り、ノートパソコンを立ち上げる。

（そういえば、ブログの更新って久しぶり？　書きたい人が自由に更新してるみたいだけど、一応、左京さんが確認してるから大丈夫《だいじょうぶ》だよね……）

少し不安になりながら、公式サイトからブログのリンク先に飛ぶと、画面いっぱいにひらがなの文章が映し出された。

『きょうの　ゆうごはんは　カレーでした。きのうの　ゆうごはんは　カレーでした、あしたの　ゆうごはんは　カレーでした？』

名前の部分にシトロンと書かれた記事がずらりと並んでいる。

「内容が気になるけど、前の誤字だらけよりも進歩してる……！　しかも何気にブログランキングが上位……」

以前は誤字だらけでろくに読めなかったことを考えれば、ひらがなばかりでも読めるだけましだ。

ブログランキングの七位にＭＡＮＫＡＩカンパニー公式ブログの文字が躍《おど》っているのを見て、いづみは愕然《がくぜん》とした。

「おはよ～ダヨ！」

「あ、シトロンくん。丁度いいところに――」

いづみはパソコンから顔を上げると、シトロンを手招きした。

「何してるネ?」

シトロンがパソコンの画面を覗《のぞ》き込む。

「今、ブログ更新しようと思ってたんだけど、今回はシトロンくんが更新してくれたんだね」

「そうダヨ。言葉の勉強にもなるって、サキョウにそそのかされたネ」

「なるほど……」

そそのかされた、という言葉は言い間違《まちが》いのようだが、しっかり劇団の宣伝になっているだけに言い得て妙《みょう》だ。

「ブログランキングも常に上位キープネ。でも、なかなか『ちかウサの辛《かれ》え～ブログ』が抜かせないヨ」

「辛え～ブログ?」

シトロンが口をとがらせると、いづみが首をかしげる。

「カレー中心にゲキカラメニューのレビューをのせてるブログネ。ゆるふわキャラの辛口《からくち》レビュアー、ちかウサさんが老若男女《ろうにゃくなんにょ》の心をわしづかみダヨ」

シトロンはそう説明しながら、ブログランキング一位のリンクをクリックする。

「へ～カレーブログ?　なになに……」

いづみはディスプレイに顔を寄せると、記事に目を通した。

「あ、このカレー屋さん行ったことある！　そうそう、おいしいんだよね～……」

記事には辛さやスパイスの種類など、丁寧《ていねい》なレビューが書かれていて、いづみは感心したようにうなずいた。

「この人カレーの写真撮《と》るのうまいな～。スプーンですくった瞬間のカレー大事だよね！」

まるで味や匂《にお》いまで伝わってくるような臨場感あふれる写真を見て、いづみが目を輝《かがや》かせる。このアングルを選ぶ辺りに、カレー好きとして通じるものがあった。

「目の付けどころがマニアックすぎるネ」

シトロンが驚いていることにも気づかず、いづみは夢中になって記事を読み進める。写真はどれも同じ特徴的《とくちょうてき》な構図でまとめられていて、見やすかった。

「ああ、こっちのカレー屋さんは、独特のスパイスが効いてるんだけど、ちょっと変化球なんだよね。わかってるね、このちかウサさん！　うわ～友達になりたい！　後で全部読んでみようっと」

いづみが何度もうなずきながらブックマークをすると、シトロンがショックを受けたように小さくのけぞった。

「またちかウサファンを増やしてしまったネ……負けずにブログ更新するヨ！」

意気込《いきご》むシトロンの言葉を聞いて、いづみが思い出したように声をあげる。

「あ、それじゃあ新団員を探してることを書いてくれるかな？　気づいた人が連絡《れんらく》くれるかもしれないし」

「ＯＫダヨ！」

ブログを更新しようとしていたそもそもの目的を告げると、シトロンが一も二もなく了承《りょうしょう》した。


至はオフィスの自分の席に座ると、近くのコーヒースタンドのカップを片手に、思案《しあん》げに眉根《まゆね》を寄せた。ＰＣを起動し、光が灯《とも》るディスプレイをぼうっと見つめる。

「うーん……どうやって城を死守するか……」

普段《ふだん》、重度のゲーマーとしての顔やだらしない生活は完璧《かんぺき》に隠しているため、傍《はた》から見たら、何か重要なプロジェクトについて考え込んでいるように見えるだろう。まさか、自室のオタク部屋にいかに同居人を踏《ふ》み込ませないかということで悩《なや》んでいるとは夢にも思わないに違いない。

「おはよう」

数年早く入社した先輩社員の卯木千景《うつきちかげ》が、にこやかに至に声をかけた。

「おはようございます」

至は劇団にいる時とは打って変わった愛想《あいそ》の良さで、爽《さわ》やかに応える。

「なあ、茅ヶ崎の劇団、新しい劇団員を探してるんだって？」

「え？　なんで知ってるんですか？」

「ブログに書いてあった」

至がいぶかしげにたずねると、千景はなんてことないように答えた。

「そうなんですか……」

「劇団のブログ、妙にツボでさ。更新は毎回チェックしてるんだ」

千景の説明に、至はどこか腑《ふ》に落ちない表情で、はあ、と相槌を打つ。

これまで何度か千景に頼《たの》まれて公演のチケットを用意していたが、そこまで劇団に興味を持っているとは思っていなかった。

そもそも、演劇に興味があるということも知らなかったし、お互《たが》いの存在は知っていたが趣味《しゅみ》について話をするような間柄《あいだがら》でもなかった。

そんな相手から突然《とつぜん》公演のチケットが欲《ほ》しいと言われて、面食らったことをぼんやりと思い出す。

至の千景に対する印象は良くも悪くもなく、掴《つか》みどころがないというものだった。直接仕事で関わることはないものの、周囲からの仕事の評判は上々。眼鏡《めがね》の奥《おく》の目は常に微笑《ほほえ》みを絶やさず、長身で清潔感のある見た目ということもあり、密《ひそ》かに狙《ねら》っている女性社員は多い。海外出張続きでほぼ本社にいないため、接点がないということも大きいが、表情が読めないというのが、その印象に大いに影響《えいきょう》していた。

と、出張が多いということに思い当たった至の視線が、千景の顔で止まる。

「先輩、まさか入団したいとか言わないですよね?」

冗談《じょうだん》半分といった調子で至がたずねると、千景は微笑みを絶やさないまま答えた。

「そのまさかって言ったら?」

「本気ですか」

「入団&入寮希望」

至が驚いたように目を見開くも、千景はあっさりとうなずく。

本意をうかがうように至が目を細めたが、表情を変えない千景の内心はさっぱり読めなかった。

「ちなみにもし入寮すると、自動的に俺と同室になるんですよ」

「へえ。もともと知り合いだし丁度いいんじゃないか」

「ま、それはそうなんですけど……一つ契約《けいやく》しませんか」

至はわずかに考え込むと、そう付け加えた。

「契約？」

首をかしげる千景に、こそこそと耳打ちをする。

「それは劇団との契約？」

「いえ、俺との個人的な契約です」

千景は契約の内容を吟味《ぎんみ》するように目を細め、顎《あご》をひと撫でした。

「ふーん……まあ、問題ないよ」

「交渉《こうしょう》成立、ですね。話のわかる人で良かった」

すんなりうなずいた千景に、至がにっこりと微笑んだ。


「ええと、卯木千景さん、でしたよね」

ＭＡＮＫＡＩ劇場の舞台の上に立つ千景に、いづみが客席からたずねる。

千景は笑みを浮かべたままうなずいた。

「それじゃあ、入団にあたって、オーディションを兼《か》ねた簡単な面接をさせてもらいたいと思います。まずは自己紹介からお願いできますか？」

「卯木千景、独身。四月十五日生まれ、身長百八十三センチ、A型。同僚《どうりょう》である茅ヶ崎の紹介で来ました。よろしくお願いします――こんなところでいい？」

千景は物おじすることなく、すらすらと答えると、いづみに首をかしげて見せた。

「次にこの紙に書いてあるセリフをお願いします」

いづみは千景にうなずくと、セリフが印刷されたコピー用紙を差し出した。

千景は紙にさっと一度目を通すと、以降は一切《いっさい》見ずに芝居に入った。

『八時か……ここからタクシーで、いや渋滞《じゅうたい》に捕《つか》まる。電車を乗《の》り継《つ》いでも……間に合いそうにないな』

腕時計《うでどけい》を見ながら、眉根を寄せる。

そして、ポケットからスマホを取り出すと、電話をかけ始める仕草をした。

『――もしもし？　俺。ごめん、開演時間まで間に合いそうにないんだ。先に入って待って――』

まるで本当に会話をしているかのように、表情を変える。

『しょうがないだろう。帰ろうと思ったら、急ぎの連絡が入ったんだ。どうしても今日中に終わらせないといけなかった』

必死で弁解をするも、相手の理解は得られないのか、表情に苛立《いらだ》ちが混じる。

『そんなこと言われたって……とにかく、後で話そう。この埋《う》め合《あ》わせは必ず――あ、おい――』

焦《あせ》った様子でスマホを見つめる。

それだけで、電話を切られたということが観る者に伝わってきた。

『はあ……くそ』

千景は大きくため息をつくと、スマホをポケットに入れた。

そして、客席のいづみに向き直る。

「……こんな感じ？」

じっと千景の芝居を見ていたいづみは、考え込むように間《ま》を空けた。

「……芝居の経験がありますか？」

「いや、初めて」

あっさりと首を横に振る千景は、舞台上での立ち振《ふ》る舞《ま》いも芝居の技術も、経験がないとは思えないほどこなれていた。

（器用な人なんだな。立ち振る舞いも舞台映《ば》えしそうだし、逸材《いつざい》かも！）

経験がなくてもオーディションの段階から芝居がうまい団員は何人かいた。いづみはそう納得すると、にっこりと笑った。

「それでは、さっそく稽古に参加してもらいたいと思うんですが……入寮希望でしたよね。引《ひ》っ越《こ》しはいつ頃《ごろ》になりそうですか？」

「すぐには難しいから、来週末になると思う」

「わかりました。それじゃあ、稽古も来週からということで……これからよろしくお願いします！」

「こちらこそ、よろしく」

いづみが入団を歓迎《かんげい》すると、千景は柔《やわ》らかく微笑んだ。

（まさか、至さんの会社の先輩が入団してくるとは思わなかったけど、有望な人が入ってくれて良かった！）

いづみは思いがけず早々に新団員が決まったことに、ほっと胸を撫で下ろした。

それから一週間後、千景の入寮の日に歓迎会が行われた。

談話室には全団員が集まり、すし詰《づ》め状態になっている。ダイニングの椅子《いす》やソファでは席が足りないこともあって、立食パーティ形式だ。

テーブルには劇団一の料理上手の臣が腕《うで》を振るったごちそうが所狭《ところせま》しと並べられていた。サーモンのカルパッチョにマルゲリータピザ、ラザニア、ローストビーフにシーフードパエリア、デザートのプリンも冷蔵庫で待機している。

「それでは、千景さんの入団&入寮を祝して、乾杯！」

春組リーダーの咲也の音頭《おんど》で、宴《うたげ》が始まった。

「かんぱ～い」

「かんぱ～いダヨ～！」

「乾杯！」

「乾杯」

至、シトロン、綴、真澄と春組のメンバーが今回の主役を取り囲んでグラスを鳴らす。

「千景さん、改めてよろしくお願いします」

「こちらこそ」

いづみがグラスを傾《かたむ》けると、千景もにっこり笑って自らのグラスを掲げた。

それから、ぐるりと春組メンバーたちの顔を見回す。

「茅ヶ崎にチケットをもらって、初めてこの劇団の舞台を観た時は本当に感動した。それから何度も通ううちに、いつの間にか自分も舞台に立ってみたいと思うようになったんだ。こうして仲間に加えてもらえて、すごくうれしいよ。至らない部分も多いと思うけど、これからよろしく」

胸に手を当てて微笑みかける姿は、ともすればオーバーでどこか芝居がかったようにも見えそうだが、千景がやると不思議と違和感《いわかん》はなかった。

春組メンバーを中心とした団員たちが、温かいまなざしで新しく仲間入りした千景を見つめる。

「よろしくお願いします」

「こちらこそ、よろしくお願いします！」

綴と咲也がうれしそうに千景に応えた。

そんな様子を見ていた万里が不意に手を挙げた。

「質問ー。至さんとはどういう関係なんすか？」

「会社の同僚。俺の方が先輩だよ」

それをきっかけに、あちこちから手が挙がる。

「今までに演劇をやった経験はあるのか？」

「いや、未経験だ」

夏組リーダーの皇《すめらぎ》天馬《てんま》の質問に千景が答えると、横から勢いよくぴょんっと手が伸びてきた。

「さんかくは好き～!?」

「そんな質問あるか！」

ありとあらゆる三角形を愛する斑鳩《いかるが》三角《みすみ》の質問に、すかさず天馬が突っ込む。

「どうかな。嫌《きら》いじゃないよ」

素《す》っ頓狂《とんきょう》な質問にも、千景はバカにするでもなく答えた。

「はいはーい！　特技は？」

ひらひらと手を振りながら一成がたずねると、千景は小さく首をかしげた。

「うーん、そうだな……」

考え込みながら、ポケットからコインを取り出す。異国のお金らしく、五百円玉ほどの大きさのコインには見慣れない模様が描《えが》かれていた。

「こういうのとか？」

「コイン？」

「見てて」

長い筋張《すじば》った指が滑《なめ》らかに動き、コインが手に吸い付いているかのように指から指へと移動する。一度ぎゅっと拳《こぶし》を握《にぎ》って開くと、コインは跡形《あとかた》もなく消えた。

「え!?　消えた!?」

咲也が目を丸くすると、千景はにっこり笑っていづみの顔を見た。

「監督さん、ポケットを見て」

「え？」

言われるがままに、いづみがキツネにつままれたような顔でポケットを確認すると、今までなかったはずの物に手が触れた。

「あれ!?　コインが入ってる！　いつの間に!?」

「チカちょん、すげー！」

一成が勝手につけたあだ名で称賛《しょうさん》するのと同時に、周囲から歓声と拍手《はくしゅ》が湧《わ》き起《お》こった。

(手品までできるとは……やっぱり器用な人なんだな)

注目を浴びても照れるでもなく穏《おだ》やかに微笑んでいる千景を、いづみは感心のまなざしで見つめた。

テーブルに並んだごちそうが次々と食べ盛《ざか》りの団員たちのお腹《なか》に消えていき、お酒の空き瓶《びん》も増え始めた頃、千景はようやく周囲の質問攻《ぜ》めから解放された。

ゆったりとグラスを傾けながら、ちらりと辺りを見回す。

めいめい、雑談に花を咲《さ》かせる団員たちを眺めながら、近くで空いた皿を片づけていた咲也に近づいた。

「キミ、俺が入る春組のリーダーさんだよね？」

「あ、はい！　佐久間咲也です！」

「色々わからないことがあると思うから、教えてくれるかな」

千景がにっこりと笑うと、咲也が勢いよくうなずく。

「もちろんです！　なんでも聞いてください」

「ありがとう。じゃあ、お近づきのしるしに――」

千景はどこから取り出したのかわからない速さでコインを握ると、親指で真上にはね上げた。クルクルと空中で回転するコインが鈍《にぶ》い光を帯びる。

咲也はその動きの速さについていけない様子で、目をぱちくりさせた。

直後、落ちてくるコインを両手で摑む仕草をした千景が、拳を咲也の目の前に掲げる。

「はい。右と左、どっちの手に入ってると思う？」

いたずらっぽく目を光らせる千景にたずねられて、咲也が戸惑《とまど》いながら考え込む。

「え？　え？　ええと……右？」

「不正解」

両手を広げると、左の手のひらの上にコインが載《の》っていた。

「うわあ！　コインをどっちで摑んだのか、全然見えませんでした」

「そういう手品だから」

感激しながら拍手をする咲也に、千景はコインを仕舞《しま》いながらにっこり微笑んだかと思うと、不意に真顔になった。

「……でも、気を付けた方がいい。キミは戦場で最初に敵に見つかるタイプだ」

「ええ!?」

咲也がびくりと肩《かた》を震《ふる》わせると、横で聞いていた至があきれた表情で口を挟《はさ》む。

「なんですか、その手品性格診断《しんだん》」

「そうネ。サクヤは敵に見つかった後、逃《に》げようとして転んで武器を落としてオロオロするタイプね」

シトロンまでもが真面目な表情で断言すると、咲也はおろおろとうろたえた。

「ええぇ!?　き、気を付けます！」

「真《ま》に受けなくていいから」

近くにいた綴が咲也をなだめる。

「手品、すごいですね！　横から見てたけど全然わからなかったです！」

「手先が器用だな」

いつの間にか注目を集めていたのか、椋が拍手を送り、冬組《ふゆぐみ》の高遠丞《たかとおたすく》も感心したように千景を見つめていた。

「良かったら、もう一回やってみせようか」

「俺っちも挑戦《ちょうせん》したいッス！」

千景が告げると、周囲からわっと歓声があがり、秋組の七尾太一《ななおたいち》がぴょんっと最前列に躍り出た。

「よくみてて――」

千景の周りに再び自然と人だかりができるのを、いづみは微笑ましく見守っていた。

(さっそく人気者だ。みんなともうまくやっていけそうで良かったな)

いくつかコインの手品を披露《ひろう》した千景が、ふと団員の一人に目を留《と》めた。

「……キミも一勝負どう？」

そう声をかけた相手は、冬組の御影密《みかげひそか》だった。

手品に興味があるのかないのかわからないような眠そうな表情で、マシュマロを食べている。

「……誰？」

小さく首をかしげると、すかさず隣にいた同じ冬組の有栖川誉《ありすがわほまれ》が突っ込みを入れた。

「さっき自己紹介していただろう。また寝《ね》ていたのかね？」

「卯木千景《あくしゆ》です。よろしく」

握手をしようと差し伸《さの》べた千景の手を、密がすんなりと握る。その瞬間、千景の表情が凍りついた。

（あれ？　今握手した時、一瞬《いつしゆん》千景さんの表情がなくなったような……）

いづみが違和感を覚えた時には、すでにいつも通りの穏やかな笑顔に戻《もど》っていた。

（気のせいかな……）

あまりにわずかな変化で、ほどよくお酒の回った頭ではすぐに気にならなくなってしまう。

「密くん、初対面の相手には自分も自己紹介するのが筋というものだよ」

握手をしたきり、再びマシュマロを口に放り込んでいる密に誉が促す。

「……御影密」

「それだけで終わりかね？」

名前だけ言って、またマシュマロの袋《ふくろ》に手を突っ込む密を見て、誉があきれたように眉《まゆ》を上げる。

「……他は覚えてない」

「にしても、あるだろう。マシュマロが好きだとか、特技はどこでもどんな状態でも一秒で寝られることとか！」

「覚えてない？」

千景がぴくりと反応して、聞き返す。

「……記憶喪失《きおくそうしつ》だから」

「記憶、喪失――？」

常に笑みを絶やさない千景の表情が、今度こそはっきり固まった。さっきよりも純粋《じゅんすい》な素《す》の反応だった。

「密さんは寮の前で寝ていたところを見つけて、行くところがないって言ったので、スカウトしたんです」

「……へえ、そうだったんだ」

いづみが説明を付け加えると、千景は取《と》り繕《つくろ》うように神妙《しんみょう》な表情を浮かべてうなずいた。


夜も更《ふ》けると、宴会からは未成年者が抜け、主に酒飲みばかりが残る。

寮に静けさが戻り始めた頃、中庭に続く扉《とびら》が音もなく開いた。

足音も立てずに猫《ねこ》のように滑《すべ》り出てきたのは密だ。中庭の草花に囲まれた道を数歩歩き、足を止める。

つ、と空を見上げると、まぶしいほどの満月が浮かんでいた。

その背後に、同じくらい音を消した千景が近づく。

「……どういうつもりだ、ディセンバー」

怒《いか》りのこもった声だった。いつもの笑顔は消え失せ、苛立ちが見《み》え隠《かく》れする。

人の気配に敏感《びんかん》な密は、驚いた風《ふう》もなく振《ふ》り返《かえ》り、首をかしげた。

「記憶喪失のフリなんて……」

「フリ……？」

きょとんとした密の顔を千景がまじまじと見つめる。

「……まさか、本当なのか？」

愕然《がくぜん》とした表情が、苦々しいそれに変わる。

「お前は、オーガストと共に死んだものとずっと思っていた」

「オー、ガスト……？」

密が動きを止めた直後、痛みをこらえるように頭を抱《かか》えた。

「一人おめおめと逃げ延《にの》びて……お前がオーガストを見殺しにしたんだろう」

「……？　わからない……」

千景の非難するような声を聞きながら、密は小さく首を横に振る。その表情は苦痛に歪《ゆが》んでいた。

「俺はエイプリル。お前への復讐《ふくしゆう》を果たしに来た。わからないのならば、思い出せ。お前の罪を」

「——っ頭が、痛い」

ぎゅっと目をつむり、痛みに耐《た》える密の額に、汗《あせ》がにじむ。

「忘れることなど……許さない」

密をじっと見据《みす》える千景の目には、はっきりとした憎悪《ぞうお》が浮かんでいた。

第1章 見えない人

十二月十七日。
今日もさむい。
店のおやじからにげるときに転んで靴《くつ》をなくした。
後から戻《もど》って探したけど、どこにも見つからなかった。
足の感覚がなくなってくる。
手足が凍《こお》るとくさるから切らなきゃいけないって聞いた。
足を切るのはいやだ。どこかで温めたい。
今日はましな寝床《ねどこ》が全部大人に占領《せんりょう》されてる。
足だけじゃなくて、手も、顔も体も冷たくなってきた。
「さむい……」
「大丈夫《だいじょうぶ》？」
声をかけてきたのは知らない奴《やつ》だった。

暖かそうにぶくぶくに着ぶくれてる。

こっち側の人間じゃない。

ちゃんとした家のある人間だ。

「……」

「このままここにいたら死んじゃうよ」

「……行くところ、ない」

「僕がキミを『組織』に紹介《しょうかい》する。僕たちと、一緒《いっしょ》に生きていかないか？」

「そんな奴放《ほ》っとけよ。どうせ使えない。足手まといになるだけだ」

もう一人の奴は感じが悪い。

オレはとっさに首を横に振《ふ》った。

「……行かない」

「ほらな。放っとこうぜ」

「でも……」

「やる気がないんだからしょうがないだろ」

「気が向いたら声をかけて。駅前によくいるから」

「……」

「どうせこいつ、このまま死ぬよ」

「……」

オレも死ぬかと思ったけど、死ななかった。

今までも何度も死ぬかと思ったけど、死ななかった。

ずっとそうやって一人で生きてきた。

それなのに、そいつは何度断ってもオレを誘《さそ》ってきた。

「自分で言うのもなんだけど、僕は頭がいい。組織にも重宝されて、将来有望だって言われてる」

「……」

「キミは生命力と身体《しんたい》能力が高い。きっと僕たちが組んだら、最強のチームになれるよ」

「……」

「ほら、何度来ても無駄《むだ》だって。帰ろうぜ」

「また来るよ――あ、そうだ。このジンジャーブレッド、よかったらあげる」

「ジンジャーブレッド……？」

そのジンジャーブレッドとかいうお菓子《かし》を一口食べた瞬間《しゅんかん》。

考えるより先に、口が開いていた。

「……行く」

「え？」

「……一緒に行く」

「なんでだよ」

「……ジンジャーブレッド」

「あはは！　もっと食べたいの？　なんだ、最初からお菓子で釣《つ》れば良かった」

「絶対こいつ役に立たない」

「ありがとう。今日から僕たちは『家族』だ」

「――『家族』？」

「そのお菓子ね、クリスマスに家族で食べるのが定番なんだよ」

そいつはそう言って笑った。

それがオレと、あいつとあいつの出会いだった。


千景《ちかげ》の入団翌日の朝、初めての稽古《けいこ》が始まった。

いづみは芝居《しばい》の経験はないという千景に合わせて、初心者がとっつきやすい基礎《きそ》を重視したメニューを組んでいた。

「それじゃあ、今日の稽古は――」

いづみが説明しようとした時、稽古場のドアが開いた。

「邪魔《じゃま》するぞ」

遠慮《えんりょ》なくずかずかと入ってきたのは、鹿島雄三《かしまゆうぞう》だった。初代MANKAIカンパニー春《はる》組《ぐみ》の元団員であり、これまで毎公演、新生MANKAIカンパニーの演技指導も行ってきた人物だ。

「あれ？　雄三さん、どうしたんですか？」

普段《ふだん》なら、公演の稽古がある程度進んだ段階で来てもらっているだけに、今回の訪問はいづみにとって予想外だった。

「新入りが入ったんだって？　ヒマだから見に来てやった」

千景に目を留《と》めて、にやりと笑う雄三に、シトロンが大仰《おおぎょう》に肩《かた》をすくめて見せる。

「オー、ユウゾー、さては仕事干されたネ？」

「誰《だれ》がだ」

「まだ公演の稽古は始まってないんですけど……」

いづみが戸惑《とまど》いがちに告げると、雄三は承知の上といった様子であっさりうなずき、近くのパイプ椅子《いす》を引き寄せた。

「おう、基礎練《れん》でもやらせてみろ」

そう言いながら椅子に腰《こし》を下ろす。

「わかりました」

いづみは雄三に返事をすると、春組メンバーたちに向き直った。

「それじゃあ、みんな、まずは早口言葉と滑舌《かつぜつ》の練習から始めよう。千景さんは初めてだし、この紙を見ながらやってみてください」

あらかじめ印刷しておいた紙を千景に手渡《てわた》す。

「これを読めばいいの？」

千景はオーディションの時と同じようにさっと目を通すと、あとは一切紙を見ようとせずに口を開いた。

「あめんぼあかいなあいうえお。うきもにこえびもおよいでる。かきのきくりのきかきくけこ。きつつきこつこつかれけやき。ささげにすをかけさしすせそ。そのうおあさせでさしました。たちましょらっぱでたちつてと。とてとてたったたとびたった」

よどみなく、朗々と唱える千景を見て、雄三が眉《まゆ》を上げる。

「……へえ」

（滑舌も発声も、素人《しろうと》とは思えない……）

いづみも感心したように千景を見つめた。

基礎練習の後は簡単なエチュード練習が行われた。

オーディションでも目を見張った千景の芝居に対する勘《かん》の良さは、稽古でもいかんなく発揮され、初心者とは思えないスムーズさで他の団員についていっていた。

（千景さん、オーディションの時も思ったけど、演技にそつがない。身のこなしも軽《かろ》やかだし……）

いづみが感心しきっていると、雄三も小さく鼻を鳴らした。

「なかなか器用な奴だな」

「千景さん、初めてなのにすごいですね！」

滅多《めった》にほめることのない雄三の言葉を聞いて、咲也《さくや》も驚《おどろ》いたように続ける。

「演劇は初めてだけど、歌舞伎《かぶき》は少しかじったことがあるんだ」

「ええ⁉　そうなんですか⁉　なるほど、だから……」

千景のウソか本当かわからない発言も、咲也は疑うことなく真《ま》に受ける。

「歌舞伎って少しかじれるようなもんなんすか……？」

「あはは。どうだろうね」

綴《つづる》が思わずといった様子で問いかけると、千景はあいまいに笑った。

（嘘《うそ》だか本当だかわからないけど、ちょっと信じちゃいそうだ。肝《きも》が据《す》わってるし、演じることに対して変に構えることがない）

いづみはどう判断したらいいか迷いながら、真意の見えない千景をじっと見つめた。

今まで器用な団員は他にもいた。ただ、千景の場合はその器用さが単なる才能によるものなのか、それともそれ以外の理由によるものなのか皆目《かいもく》見当がつかなかった。

摑《つか》みどころがない、いづみはそんな風に感じた。


「それじゃあ、今日はこのくらいですかね」

一通りメニューをこなして、いづみがそう締《し》めくくると、雄三がゆっくりと立ち上がった。

「次の公演は決まってんのか？」

「いえ、まだ。そろそろ脚本《きゃくほん》のネタを決めないといけないんすけど……」

「問題は千景さんをどんな役どころにするか、なんですよね」

綴の返答に、いづみが千景の方を見ながら続ける。

「いっそこいつを主演にしたらどうだ」

雄三が顎《あご》をしゃくると、千景が意外そうな表情を浮《う》かべた。

「俺ですか？」

「いきなり主役なんて、ダイバー的ネ！」

「大抜擢《だいばってき》」

声をあげたシトロンの言い間違《まちが》いを、真澄《ますみ》が冷静に訂正《ていせい》する。

「でも、演劇は未経験だそうですよ」

「最初から主演なんてプレッシャーになるんじゃ……」

「旗揚《はたあ》げ公演の時とは違《ちが》って、今はある程度劇団のファンもついてるしな」

いづみに続き、綴や至《いたる》も千景を慮《おもんぱか》って消極的な姿勢を見せるが、雄三は意に介《かい》さない様子で肩をすくめた。

「このポテンシャルなら主演でも問題ないだろ。場数を踏《ふ》んでない分、主演やった方が経験を積めるし、勘も摑《つか》める。客に受け入れられるかどうかはこいつ次第《しだい》だが、中心に据えた方が客も覚えやすい」

今まで色々な劇団を見てきた雄三の言葉には説得力がある。つらつらとメリットを並べ立てられると、綴や至も納得《なっとく》するようにうなずいた。

「それは、そうっすね……」

「まあ、先輩《せんぱい》の場合、案外軽くこなしちゃう可能性もあるか」

至の言葉に、咲也とシトロンも力強くうなずく。

「たしかに、千景さんならすぐに上達しちゃいそうです！」

「チャレンジ大事ダヨ！」

「なんでもいい」

真澄が興味なさそうに告げると、じっと黙《だま》って全員の意見を聞いていたいづみが、千景の方に目を向けた。

「千景さんはどう思いますか？」

「自信はないけど、問題ないよ」

千景は臆《おく》する様子もなく、うなずいた。

「え？　そうですか？」

「何事もやってみないとわからないしね」

（ずいぶんあっさり……）

千景の反応に戸惑いながらも、いづみもうなずく。

「千景さんがそう言うなら……」

「決まりだな」

雄三が意味ありげににやりと笑った。

「せめて、あて書きで話を作った方がやりやすいかもしれないね」

「そうっすね。そうします」

いづみと綴が話していると、咲也がワクワクした様子で目を輝《かがや》かせた。

「千景さん主演の舞台《ぶたい》、また新しい春組っていう感じになりそうで楽しみですね！」

「年齢層《ねんれいそう》が高くなるネ！」

「おっさん」

「ひどいな」

シトロンと真澄の言葉を聞いて、千景が苦笑いを浮かべる。

そんな中、雄三がいづみに小さく耳打ちした。

「……おい」

「はい？」

「……千景は周りに穏《おだ》やかに接しているようで、他人に対して見えない壁《かべ》を作ってる感じがする」

さっきとは打って変わった真面目な表情で、雄三がちらりと千景に視線を送る。

「うまくまとまってる春組の不安要素になりかねない。きっかけを作って、早めに団結した方がいいぞ」

「……わかりました」

いづみは雄三の真意を知ると、気を引《ひ》き締《し》めるようにうなずいた。


昼食後、片づいた談話室のダイニングテーブルには、不自然な並び方で春組メンバーが座《すわ》っていた。

片側の中央に千景が座り、もう片側にいづみと他の春組メンバーが、ずらりと並んでいる。いわゆる面接のような構図だ。

「えーと、それじゃあ、脚本を書くにあたって、千景さんをもっとよく知りたいということで……さっそくインタビューを始めたいと思います」

千景の目の前に座ってメモ帳を開いた綴が、口火を切った。

「どうぞ」

落《お》ち着《つ》き払《はら》った様子で先を促《うなが》す千景の方が、面接官のように見える。

「チカゲ選手、今回の試合はどうだったネ？」

「ヒーローインタビューじゃないから！」

勢《いきお》い込《こ》んでエアマイクを傾《かたむ》けるシトロンに、いづみが突《つ》っ込《こ》む。

「まずは、何か好きなものとかありますか？」

綴が用意していた質問を上から読み上げていく。

「うーん、辛《から》いものは全般的《ぜんぱんてき》に好きだよ」

「カレーとか？」

「そうだね」

「監督《かんとく》と気が合いそうっすね」

綴が根っからのカレー好きであるいづみに水を向けると、いづみはさっきのシトロンと同じような勢いで身を乗り出した。

「スパイスは何が好きですか!?」

「いきなりマニアックすぎる」

至があきれたように混ぜっ返すが、千景は気にした様子もなく首をかしげた。

「特にこれっていうのはないよ。スパイスは組み合わせで決まるからね」

そう答えた後、ああ、と思い出したように先を続けた。

「スパイスじゃないけど、以前インドに出張に行った時に食べた究極のカレー『アルティメットカリー』の味が忘れられない。あの味を再現するスパイスの組み合わせには、まだたどり着けてないいんだ」

「え！　そんなのあるんですか⁉　食べてみたい！」

すぐに食いついたいづみに続き、シトロンが面白《おもしろ》そうにぱちんと手を叩《たた》く。

「中二心《ちゅうにごころ》をくすぐる名前ネ！」

「なんだかかっこいいですね！」

咲也も目を輝かせていると、綴が怪《あや》しむように千景を見つめた。

「それ、本当っすか……？」

「さて、どうだろう」

「とりあえず、うちの取引先でインドの会社って聞いたことないけど」

千景があいまいに答えると、淡々《たんたん》と至が続ける。

「ええ～⁉　じゃあウソですか？」

いづみが心底がっかりした声をあげると、千景が堪《こら》えきれないといった様子で噴《ふ》き出《だ》した。

「あはは。ごめん、ごめん。みんなが驚いたり、考えたりする姿が可愛《かわい》くて、つい遊んじゃうんだ」

（なんて摑めない人だ……）

悪びれもせず、わかりづらい冗談《じょうだん》を言ってくる千景の印象は、第一印象からすっかり変わっていた。人当たりがいいのは間違いないが、完璧《かんぺき》な人格の好青年かというと、また少し違う。

「でも、辛いものが好きなのは本当だよ」

千景が微笑《ほほえ》むと、いづみは我《わ》が意を得たりとばかりに拳《こぶし》を握《にぎ》り締《し》めた。

「じゃあ、今日は腕《うで》によりをかけて、辛いカレーを作りますね！」

「やばい、監督のやる気に火をつけてしまった」

「この熱量は一週間カレーネ」

三百六十五日カレーを食べかねない、いづみのカレー好きを知っている綴とシトロンが顔を引きつらせる。

「カレークラスタが増えるとは……」

「あんまり歓迎《かんげい》されてないみたいだな」

げんなりした様子の至の言葉を聞いて、千景が苦笑いを浮かべる。

一方、真澄が不思議そうに首をかしげた。

「クラスタ？」

「そういうのが好きな集団って意味」

至が説明を補足すると、綴や咲也も感心したような声をあげる。

「へー」

「初めて聞きました！」

「俺は監督クラスタ」

真澄がさっそく覚えたての言葉を使う横で、至が何か引《ひ》っ掛《か》かりを感じたように千景の顔を見つめた。

「どうかした？」

「いえ、なんでも」

千景の問いかけには首を横に振り、視線をそらす。

その時、スマホの着信音が辺りに響《ひび》いた。

「これ、真澄くんのスマホだよね？」

以前も聞いたことのある音だった。いづみが真澄の方を見つめる。

「最近、よくかかってくるよな」

同室の綴がそう告げると、真澄は面倒《めんどう》くさそうに顔を顰《しか》めた。

「かたっぱしから着信拒否《きょひ》してるのに、違う番号でかかってくる」

「え⁉　イタズラとか？」

「番号がどこかで晒《さら》されてるとか」

咲也と至が心配そうにたずねると、真澄は小さく肩をすくめた。

「知らない。どうでもいい」

そう言うと、いづみの顔をじっと見つめる。

「それより、アンタからのおやすみコールとおはようコールが最近ない」

「最近も何も、そんなの今まで一度もかけたことないよ⁉」

いづみが勢いよく突っ込んだ時、談話室のドアが開いた。

姿を見せたのは、密《ひそか》と誉《ほまれ》だった。

「おや、なんだか賑《にぎ》やかだね」

誉がのんびりとダイニングテーブルの方を見やると、少し前からソファでくつろいでいた紬《つむぎ》が答える。

「千景さんのインタビューをしてるみたいですよ」

紬の言葉を聞いた密は、千景を認めるなり、くるりと踵《きびす》を返した。

「密くん、どこに行くのかね？」

そのまま談話室を出ていく密に、誉が声をかけるが、密は何も言わずに去っていった。

「何か用事でも思い出したんでしょうか？」

「うーむ……紅茶を飲むと言っていたんだがね」

紬と誉は首をかしげて、ドアの方を見つめた。


昼はだいぶ気温の上がる日も増えたとはいえ、夜はぐっと気温が下がり、ひんやりとした風が吹《ふ》く。

そんな中、バルコニーのテーブルの上にぼんやりとした灯《あか》りがともっていた。

窓ごしに明かりに気づいたいづみがバルコニーの扉《とびら》を開けると、椅子に座ってノートPCとにらめっこしている綴がいた。ディスプレイの光に照らされた綴の顔が、うめき声と共に顰められる。

「綴くん、まだ起きてたの？」

「監督……」

恥《は》ずかしいところを見られたというように、綴がバツの悪そうな表情を浮かべる。

「脚本のことで悩《なや》み中？」

いづみがたずねると、綴はうなずいて、ぐしゃぐしゃと自分の頭をかき混ぜた。

「いや、ちょっと参りました。ぜんまいの時も散々《さんざん》結末で悩んだんすけど、こんなに何も浮かばないのは初めてっす」

途方《とほう》に暮れたように、真っ白なテキストエディタの画面を見つめる。

「どこで詰《つ》まってるの？」

「千景さんのことが、全然わからないんすよ。今まで、あて書きで書く時は、一緒に生活する中で見えてきた内面から着想を得て、配役とか物語を組み立ててたんです。でも、今回はそれが全然できなくて」

綴の返事を聞いたいづみが、納得したようにうなずいた。

「千景さんって、ちょっととらえどころがないもんね」

しみじみと雄三の言葉を思い出しながら告げると、綴が小さくため息をついた。

「そうなんすよね……なんていうか、底が知れないっていうか、内面をあえて色んなもので隠《かく》してる感じがするっていうか……千景さんと話しても全然見えてこなくて、考えれば考えるほどドツボにはまってます」

何を聞いても、千景の内面に踏《ふ》み込《こ》めない。そのもどかしさは、インタビューに同席したいづみにもよくわかった。

「一度、千景さんも含《ふく》めてみんなで相談してみようか」

「っす」

いづみの申し出に、綴は一も二もなくうなずいた。


その翌日、いづみはいつもより早く稽古を切り上げると、ミーティングの時間を設けた。

千景の内面の話は伏《ふ》せ、単純に綴が行き詰まっていると話し、協力を求める。

「そういうわけで、次の演目について、何かアイデアないかな?」

いづみがそう投げかけると、咲也が一番に手を挙げた。

「手品師の話とかどうでしょう!?」

「俺の特技が活《い》かせそうだね」

にっこりとして千景が答える。

「いっそプリンセス役とかどうネ?」

シトロンの発案に、真澄が短く突っ込む。

「ごつい」

「千景さん、器用だし、立ち居振《ふ》る舞《ま》いがスマートだから、案外できるかもしれないですね」

咲也が考え込みながらそう告げると、いづみは千景を見つめた。

「千景さん本人は何か希望はありますか？　こんな役がやりたいとか、こんな話がいいとか……」

「主演だし、ヒーローっぽい役がいいのかな？　平凡《へいぼん》なサラリーマン役とかも勉強になりそうだけど……まあ、初めての舞台だし、精一杯《せいいっぱい》やるだけだよ。MANKAIカンパニーの舞台の脚本はどれも面白かったから、どんな役でも不満はないよ」

「そうですか……？」

アイデアを出しながらも、はっきりとした意思表示をしない千景に対して、いづみは表情を曇《くも》らせる。

（具体的にやりたいことがあるわけじゃないのかな。主演をやる時もあっさりだったし……やる気がないわけじゃないんだろうけど、ちょっと引っかかるな）

言っている内容は謙虚《けんきょ》で綴を立てているようにも思えるが、どうにも違和感《いわかん》をぬぐえなかった。

「時代劇とかは？」

「あーれーお代官様ネ！」

至がアイデアを出すと、シトロンが楽しげにクルクルと回って見せる。

「そういえば、そういうのはやったことがなかったね」

「確かに……」

いづみに続いて綴がうなずき、しばらく玉石混交《ぎょくせきこんこう》のアイデアをこねくり回す相談に没《ぼっ》頭《とう》した。

「大体このくらいかな？」

たっぷり一時間は話したところで、いづみが綴の方へと視線をやる。

「いったん持ち帰って考えてみます」

「うん。それじゃあ、今日はこの辺で終わりにしよう」

そう締めくくると、千景に声をかけた。

「千景さんはちょっと残ってくれますか？」

「わかった」

「それじゃあ、みんなお疲《つか》れさま」

「お疲れっす」

「お疲れさまでした！」

「お疲れ」

綴、咲也に続き、真澄も稽古場を出ていこうとすると、シトロンが大きくのけぞった。

「MASUMIセキュリティが作動しないヨ!?」

「監督さんと先輩二人っきりなのにな」

至も意外そうな表情を浮かべるも、真澄はちらりと千景を振り返っただけだった。

「……アイツは多分大丈夫」

そうつぶやくと、そのままシトロンたちと共に稽古場を出ていった。

二人きりになると、千景がいづみに向き直って首をかしげた。

「俺に何か用かな？」

「単刀直入に聞きたいんですけど……千景さん、本当にお芝居《しばい》がやりたいんですか？　今後もずっと続けていく気はありますか？」

探《さぐ》るような視線でじっと千景を見つめる。なかなか本心を見せない千景相手では、わずかな表情の変化さえ見逃《みのが》せない。

千景はそんないづみの様子を不思議そうに見つめながら、あっさりうなずいた。

「それは、もちろん。芝居をやりたいと思ってるからこそここに来たし、できる限り続けていきたいと思ってるよ。ただ、仕事もあるし、この先何が起こるかもわからないから、絶対とは約束できないけど。子供が生まれたら、子育てもしなきゃいけないだろうし」

さらっと付け加えられた言葉を聞いて、いづみが目を丸くする。

「え!? お子さんが生まれるんですか!?」

「冗談だよ」

千景がくすっと笑《え》みを漏らしながら肩をすくめた。

思わずいづみの目が据わると、千景は弁解するように先を続けた。

「例えば、の話。不測の事態が起きれば、退団もやむを得ないだろう？」

「それはそうですけど……とりあえず今のところはその予定はないということですね？」

「うん」

ためらいなく返事をする千景を、じっと見つめる。その表情はいつも通りで、穏やかな笑みを浮かべている。

(かといって、やる気にあふれてるようにも見えないし、やっぱり何を考えてるのか掴《つか》めないな……)

含みがあるようにも見えないが、どうしても言葉通りに受け止める気にはなれない。

「もういいかな？」

「……はい」

いづみは引っ掛かりが残ったままうなずいた。違和感の正体を掴めないまま、それ以上食い下がることもできない。

「じゃあ、お疲れ」

ふと、踵を返した千景の肩に、糸くずがついているのを見つけた。

「千景さん、ここにゴミが——」

いづみがとっさに伸《の》ばした手を、千景が素早《すばや》い動作で振《ふ》り払《はら》う。乾《かわ》いた音が辺りに響いた。

「す、すみません、驚《おどろ》かせて——」

あまりに激しい反応に面食らいつつ、いづみが謝《あやま》ると、千景は不快そうに顔を歪《ゆが》めた。

「千景さん？」

いづみが怪訝《けげん》そうに呼びかけると、千景は取《と》り繕《つくろ》う様子もなく大きくため息をついた。

「……触《さわ》らないでくれるかな。俺、女の子嫌《きら》いなんだよね」

「え……」

吐《は》き捨《す》てるような声だった。いつにない様子に、いづみが言葉を失う。

「……それじゃ」

冷たい表情のまま去っていく千景を、いづみは呆然《ぼうぜん》と見送るしかなかった。

（今まで見たことないくらい、怖《こわ》い表情。今のは純度百パーセント本気っぽかったな）

疑う余地もない嫌悪《けんお》をここまであからさまに見せられると、傷つくよりも驚きの方が大きい。普段穏やかな千景が取り繕えないほどということは、相当な女嫌《おんなぎら》いなのだろうかと妙《みょう》に納得してしまう。

（というか女の子嫌いって、触らなければ大丈夫なのかな、話すのもダメだったりしたら、今後の接し方を考えないと……）

普段の生活でも稽古でも、どうしても毎日顔を合わせることになる。会話すら難しいとなれば、コミュニケーションにも支障が出てしまう。

（うーん、予想外の悩みの種が……）

本心を知りたいとは思ったが、藪蛇《やぶへび》とはこのことかもしれないと、いづみは思わず頭を抱《かか》えてしまった。

第２章 血のつながり

　とある昼下がり、いづみが飲み物でも取りに行こうと談話室に向かっていた時、玄関《げんかん》の方から物音が聞こえた。

「失礼いたします。どなたか責任者の方はいらっしゃいませんか」

　玄関から中を覗《のぞ》き込《こ》むようにして、スーツ姿の男が立っていた。

「はい？　どちら様ですか？」

　小走りに出迎《でむか》えると、男が一礼する。

「突然《とつぜん》の訪問をお許しください。株式会社ＵＳエンタープライズの須賀《すが》と申します」

　そう言いながら名刺《めいし》を差し出した。

（ＵＳエンタープライズって、映画の配給とかやってる会社だ……もしかして、また劇団の援助《えんじょ》の話とか……？）

　いづみは社名を確認《かくにん》しながら、名刺を受け取る。

　以前もこんな風に突然、資金援助の話が舞《ま》い込《こ》んできたことがあったが、その時は綴《つづる》の幼馴染《おさななじみ》である水野《みずの》がきっかけだった。同じことがそうそうあるとも思えないが、それ以外に訪問の理由が思い当たらない。

「私、碓氷岬《うすいみさき》の秘書をしております」

「碓氷……岬？」

聞き覚えのある苗字《みようじ》を聞いて、いづみが思わず聞き返す。

「碓氷真澄《ますみ》くんの御父上《おちちうえ》です」

「真澄くんの!?」

「何度も彼に電話していたのですが、まったく繋《つな》がらないので直接会いに伺《うかが》いました。真澄くんはいらっしゃいますか？」

「今、呼んできます！」

いづみは慌《あわ》てて真澄の部屋へと向かった。

「話すことなんてない。帰れ」

不承不承《ふしようぶしよう》いづみについてきた真澄は、談話室のソファに座《すわ》る須賀を見るなり、切り捨てた。

「真澄くん——」

「聞いていただけるまで、何度でも伺います。私はそのために御父上に言われて日本に帰国したのです」

たしなめるいづみの声を遮《さえぎ》って、須賀が淡々《たんたん》と告げる。

真澄は憮然《ぶぜん》とした表情で須賀を見つめると、どっかりと向かいのソファに座り込んだ。

「私は席を外すね」

そう言って立ち去ろうとしたいづみの手を、真澄が掴《つか》む。

「アンタもここにいて」

「でも……」

ためらういづみに、須賀がうなずいた。

「構いません。劇団にも関わることですから」

「え？」

「このたび、碓氷は奥様《おくさま》との離婚《りこん》協議に入りました。真澄くんの親権は碓氷が持つ予定です」

「ええ!?」

一切《いっさい》表情を変えない真澄の代わりに、いづみが声をあげる。

「……それだけ？」

「真澄くん、驚《おどろ》かないの⁉」

「別に。前から別居状態だったし。今更《いまさら》って思っただけ」

なんの感情も浮《う》かんでいない様子を見て、いづみは複雑な表情を浮かべる。

海外で暮らす両親とは疎遠《そえん》だとは聞いていたが、離婚という話に至っても、淡々と受け入れてしまう真澄の境遇《きょうぐう》が悲しかった。

「つきましては、真澄くんには渡米《とべい》して碓氷と共に暮らす手続きを進めてほしいとのことです」

真澄と同じくらい無表情のまま、須賀が事務的に告げる。そのあまりの内容に、真澄がぽかんと口を開けた。

「は？」

いづみにとっても、寝耳《ねみみ》に水だった。海外となれば、劇団の活動を続けることはできないだろう。思わず動きが止まる。

「冗談《じょうだん》じゃない。断る」

真澄の怒《いか》りのこもった声も、須賀はまったく気にした様子もなく首を横に振《ふ》った。

「真澄くんはまだ未成年です。碓氷も長く親と離《はな》れて暮らす状況《じょうきょう》を案じておりました。これからは碓氷の元で、後継者《こうけいしゃ》としての教育を受けさせたいと考えております。花咲学園《はなさきがくえん》高校の転校手続きは、既《すで》に終わりましたので」

「何を勝手に――」

「本日は劇団の退団の手続きに参りました」

真澄の言葉も聞かず、須賀がいづみに向き直ると、いづみは焦《あせ》ったように両手を振った。

「ま、待ってください！　真澄くんの意思を無視してそんなこと――」

「今まで、真澄くんは極力環境《かんきょう》を変えない方がいいという夫妻の方針があったために、日本で暮らしていただけです。その生活はすべて碓氷によって整えられたものです。方針が変わった今、日本に残る理由はありません」

須賀はそこで再び真澄の方を見た。

「突然のことで真澄くんにも色々とご不満がおありでしょうが、それは引《ひ》っ越《こ》した後、直接お父様に会って伝えてください」

有無《うむ》を言わさぬ口調は、自分に何を訴《うった》えても無駄《むだ》だと暗《あん》に示していた。真澄も思わず言葉を失う。

「本当はもう少し早くご連絡したかったのですが、なかなか連絡がつかなかったもので……このように急な話になってしまい申し訳ございません」

須賀は頭を下げながらも、つらつらと先を続けた。

「引っ越し業者は一週間後に手配しております。荷造りや梱包《こんぽう》はすべて業者に任せておりますし、向こうでの生活に必要なものはすべて揃っておりますので、身一つで構いません。当日はタクシーで迎《むか》えに参りますので――」

「ちょ、ちょっと待ってください！」

何もかも手配が済んでいるという話に、頭と気持ちがついていかず、いづみがわたわたと制止する。

「何か？　ああ、そういえば契約書《けいやくしょ》などはございますか？　違約金《いやくきん》などの支払《しはら》いがあるのなら――」

須賀がいづみの反応を勘違《かんちが》いしたのか、自らのカバンに手を伸《の》ばそうとする。いづみは勢いよく首を横に振った。

「そんなものありません！　そういうことじゃなくて、あまりに真澄くんの気持ちを無視しすぎじゃありませんか？　急に来て、一週間後に引っ越せだなんて……気持ちの整理もつけられないじゃないですか。いくらなんでも横暴すぎます」

動揺《どうよう》を隠《かく》しながら、なんとか冷静に抗議《こうぎ》する。

「それは申し訳ないと思っておりますが……一週間ありますので、その間に挨拶《あいさつ》を済ませていただくしかありません」

須賀はわずかにためらいを見せたものの、その言葉に交渉《こうしょう》の余地はなかった。あまりのことに、いづみが二の句を継げないでいると、須賀は話が終わったと判断したのか、立ち上がった。

「それでは、退団にあたって何もなければ、私はこれで――」

一礼して談話室を出ようとした時、ドアが勝手に開かれた。

と、同時に春組《はるぐみ》のメンバーがなだれ込んでくる。

「待ってください！」

「そうはうどん屋がおろさないヨ！」

「問屋な⁉」

咲也《さくや》に続いたシトロンの言葉に、綴が突《つ》っ込《こ》む。

「そんな簡単に真澄くんを連れていかないでください！」

「まず、真澄が嫌《いや》がってることを碓氷さんに伝えて、指示を仰《あお》ぐべきなんじゃないですか。須賀さん？」

咲也が悲痛な声で訴えれば、至《いたる》も冷静に主張する。

一様に真澄を心配するメンバーたちを見て、真澄は驚いたように目を見開いた。

「みんな……」

いづみにもメンバーたちの気持ちが伝わってきて、胸が詰《つ》まる。

「すみません、どうしても気になってしまって……話を聞いてしまいました。こんな風にお別れなんて、ひどすぎます。いくらお父さんだって、そんな無茶苦茶許されるんですか……？」

咲也が泣きそうな顔で須賀に告げると、須賀は無表情のままぐるりとメンバーを見回した。

「……あなたたちは、真澄くんの何ですか？」

「同じ劇団の仲間です。ずっと同じチームでやってきたんです」

いづみが説明すると、興味なさそうに小さくため息をつく。

「仲間との別れが寂《さび》しいのはわかります。でも、血のつながりに比べたら、所詮《しょせん》は他人です。あなたたちは真澄くんの保護者でも何でもない。真澄くんの生活を決める権利はありません」

須賀が言いきると、咲也はショックを受けたように顔色を変えた。

「そんな……」

いづみも何も反論できずに、言葉を失う。須賀の言葉は辛辣《しんらつ》だったが、紛《まぎ》れもない事実でもあった。

真澄が入団してからこれまで、同じ屋根の下で寝食《しんしょく》を共にし、家族同然の生活をしてきた。同じ舞台《ぶたい》という目標に向かって切磋琢磨《せっさたくま》し、色々な問題を一緒《いっしょ》に解決していくほどに結び付きは強くなっていった。

けれど、所詮《しょせん》は他人同士、劇団を離れれば結び付きも途切《とぎ》れてしまう。そんなことはないと否定したくても、ただの監督《かんとく》でしかないいづみにはそれができなかった。

翌日の夕食後、普段《ふだん》なら賑《にぎ》やかな談話室には重々しい空気が流れていた。真澄の一件はすでに多くの団員たちが知るところとなり、みんな一様に心配していた。

遅《おそ》く帰ってきた左京《さきょう》は、談話室をぐるりと見回すと、いづみに声をかける。

「……それで、碓氷の件はどうなってんだ」

「それが……実際に転校手続きが取られていて、真澄くんが一人暮らししていた実家も引《ひ》き払《はら》われていました。真澄くんが暮らしていくために親御《おやご》さんが仕送りしていた口座も、名義がお母さんだったらしくて凍結《とうけつ》されてしまっていて……」

一日のうちに明らかになったのは、真澄の退路を確実に断《た》つような絶望的な現実だった。

左京が厳《きび》しい表情でいづみの報告に耳を傾《かたむ》ける。

「このままその須賀って男から逃《に》げても、碓氷が日本で暮らしていくのは不可能ってところか……」

「こんなのひどいですよ。真澄くんに一切相談もなしに……」

「碓氷本人はどうしてんだ」

「部屋にこもりっきりです。あれから、誰《だれ》ともまともに話そうとしません」

心を閉ざしてしまったような真澄の様子を思い返しながら、いづみは眉《まゆ》を下げた。

「どうしたらいいんでしょう。このまま、あんな状態の真澄くんを行かせるなんて、できません」

「とにかく、碓氷本人の意思を確かめることが最優先だろう。これは碓氷本人の問題だ」

うろたえきったいづみを落ち着かせるように、左京が冷静に告げる。

「……はい」

いづみは我に返ったように小さくうなずいた。今、一番ショックを受けているのは真澄自身だ。それを支える自分が、しっかりしなくてはならない。

（真澄くんとちゃんと話をしよう。その上で、私たちに何ができるか考えよう）

いづみはそう心に決めると、スマホを取り出して真澄にメッセージを送った。

真澄を呼び出してから、いづみはバルコニーの柵《さく》にもたれてぼんやりと夜空を見上げていた。

真澄が春組メンバーとして入団してから一年あまり。未経験でありながら、初めから芝居《しばい》がうまくなんでも器用にこなす真澄は、心強い存在だった。

いづみ以外にまったく関心がなく、言葉を選ばない性格から、最初は周りの団員と衝突《しょうとつ》も多かったが、今はお互《たが》いに歩み寄り、仲良くやっている。

それだけに、今回の話はいづみにとっても春組メンバーにとってもショックだった。

団員が劇団を離れること自体は、寂しいけれど仕方のないことだ。役者として劇団に所属していたこともあるいづみにも、仲間が離れていった経験はいくらでもあるし、そのたびに新たな門出《かどで》を祝ってやった。でも、それも本人が望んだのであれば、の話だ。こんな無理やり引《ひ》き離《はな》すようなやり方で、真澄がふさぎ込んでいるのを見るのは、やりきれなかった。

いづみが訪《おとず》れてから間もなく、バルコニーのドアが開いた。

振り返ると、能面のような表情で真澄が立っている。

「真澄くん、来てくれたんだ」

真澄は小さくうなずいて、いづみの隣《となり》に並んだ。

（やっぱり、いつもの真澄くんと違《ちが》う……今まではこんな暗い表情しなかったのに）

いづみと二人きりともなれば、真澄の表情はわかりやすく明るくなった。そうでなかったとしても、こんな風に感情を失ったような顔はしなかった。

(なんて切り出そう……)

いづみは迷った挙句に、口を開いた。

「真澄くんのご両親の話、聞いてもいい?」

真澄も覚悟《かくご》をしていたのか、顔をうつむかせると、ぽつりぽつりと話し始めた。

「……あの人たちは、俺が小さい頃《ころ》からずっと海外を飛び回ってて、顔を見ることはほとんどなかった。家に帰ってきても一泊《いっぱく》か二泊《にはく》して、すぐにまたどこかに行く。家にいても、仕事の相手と会ってばっかりで、関心を持たれることなんてなかった。それでも、勉強やスポーツをがんばって成果を出せば喜んでくれるかもしれないって思って、がんばったけど……」

真澄はそこでバルコニーの柵を掴む手に力を込めた。その表情には何も浮かんでいなかったが、当時の悔《くや》しさや虚《むな》しさがにじみ出ているようだった。

「結局何も変わらなかった」

「そうなんだ……ご両親との思い出は……?」

「小学校の時、一度だけ授業参観に来てほしいって頼《たの》んだことがあった。その日は両親についての作文を発表する日だった。作文は先生にもほめられたから、聞きに来てほしかった。でも、その日は会議があるからって言われた。何度も頼んだけど……あの人が言ったのは一言だけ。『親の言うことを聞け。それが唯一《ゆいいつ》、俺たちがお前に望むことだ』」

小さな希望を踏《ふ》みにじられた幼い頃の真澄を思って、いづみの顔が自然と歪《ゆが》む。真澄は表情を変えないまま、淡々と続けた。

「それから、あの人に逆らったことは一度もない。それが、あの人の子供である俺の役割だと思ったから。今までは、日本で好きにしていいって言われてたから、好きにしてた。でも、もうそれもできない」

「真澄くん……真澄くん自身はどうしたいの？」

いづみの問いかけに、真澄は何も答えず、目を伏《ふ》せる。

「本当は、海外になんて行きたくないんじゃないの？」

「それは――」

真澄は言葉を詰まらせると、ゆるゆると首を横に振った。

「……今までは泳がされてただけ。悔しいけど、あの人には勝てない。俺はまだ一人じゃ生きていけないから……」

そう言いながら、顔を顰《しか》めると胸の辺りをぎゅっと握《にぎ》り締《し》めた。見ているいづみの方が胸が締《し》め付《つ》けられるような表情だった。

（真澄くん、自分の希望を言わないようにしてる。こんな苦しそうな顔してるのに……）

いづみがそう思っていると、真澄がぎこちなく微笑《ほほえ》んだ。

「大丈夫《だいじょうぶ》。離れてもずっとアンタのこと想《おも》ってるし、絶対迎えに来る。……何年かかるかわからないけど、もっといい男になってアンタを絶対に振《ふ》り向《む》かせる。だから……」

いづみはそれ以上聞いていられずに、真澄の言葉を遮った。

「……大丈夫だなんて、嘘《うそ》だよね？　私だけじゃない。劇団のみんなと一緒にいたいはず。ずっと一緒にみんなと舞台に立っていたいはず――」

入団当初からの変化を知っているいづみには、それがよくわかっていた。一人で殻《から》に閉じこもって、いづみ以外何も興味がなかった頃とは違う。みんなと関わり、共に時間を過ごす中で、芝居のことも春組のメンバーのことも好きになってきたことを、ずっとそばで見てきた。

いづみが顔を覗《のぞ》き込《こ》むと、真澄の感情のない瞳《ひとみ》が揺《ゆ》らぐ。

「ここを離れるのが、平気なわけないよね？」

そうたずねた途端《とたん》、真澄の顔が泣きそうに歪んだ。堰《せき》を切ったように感情があふれ出す。

「――そんなの、当たり前だろ！　嫌に決まってる！　アンタと……あいつらと……一緒に、ここにいたい。ずっとみんなと演劇をやっていたい。でも……どうすればいいのかわからない。これ以上、アンタにも迷惑《めいわく》かけられない」

「迷惑だなんて――」

「あの人は何をするかわからない」

真澄は暗い表情で首を横に振った。

「子供の頃、学校でクラスメイトにからかわれてケガをしたことがあった。俺も担任も子供同士の悪ふざけとしか思ってなかったけど、あの人は裁判沙汰《ざた》にした挙句、相手の親を巻き込んで追《お》い詰《つ》めた。結局そのクラスメイトは転校を余儀《よぎ》なくされて、責任を問われた担任も転任していった。それ以来、クラスメイトや教師からは腫《は》れ物《もの》にでも触《さわ》るような扱《あつか》いを受けた」

真澄はその頃のことを思い出したのか、ぎゅっと唇《くちびる》を嚙《か》み締《し》めた。

「あの人は極端《きょくたん》なんだ。自分が正しいと思ったことに関しては、手段を選ばない。歯向かえば、この劇団に迷惑がかかるかもしれない。そんなのは絶対に嫌《いや》なんだ」

「真澄くん……」

いづみや劇団の仲間が大事だからこそ、真澄が苦しんでいるというのが伝わってくる。出会った頃《ころ》だったら、いづみといたいという自分の気持ちだけを大事にしていたかもしれない。いづみにはその真澄の変化が喜ばしくも、悲しかった。

「もういいから。何もしないでほしい」

絞《しぼ》り出すような掠《かす》れた声を聞いて、いづみが思わず言葉を失う。

(絶対にもういいだなんて思ってないはずなのに……)

諦《あきら》めきれないいづみの脳裏《のうり》に、須賀の言葉がよみがえってくる。

『仲間との別れが寂しいのはわかります。でも、血のつながりに比べたら、所詮他人です』

(他人……私たちには何もできないのかな……)

いづみはぎゅっと拳《こぶし》を握り締めた。


結局解決の糸口は見つからないまま、いづみは一人談話室に戻《もど》った。

(どうすればいいんだろう。このまま真澄くんを行かせていいはずないのに、どうすればいいのかわからない。他人である私たちに、真澄くんを無理やり引き留める権利はない。真澄くんが諦めてしまってる今、これ以上は何も……)

暗たんたる思いでうつむいたいづみに、紬《つむぎ》がそっと声をかけた。

「――真澄くんのご家族のことで、お話があります」

顔を上げたいづみに、紬は真剣《しんけん》な表情で先を続けた。

数日後、いづみは一人、タクシーに乗り込んだ。

メモの住所を運転手に告げて、座席に沈《しず》み込む。

車の窓に映る見慣れない景色を、ぼうっと眺《なが》めた。天鵞絨《びろうど》駅からまだそれほど離れていないが、いづみにとってはまったく馴染《なじ》みのない場所だった。

(何も言わずにこんなことしたら……真澄くんに怒《おこ》られるかもしれない。そもそも、うまくいく保証なんてない。追い返されて終わりかもしれない。でも……)

いづみはそっと目を閉じると、心を決めたかのように前を見据《みす》えた。

(絶対、大丈夫。可能性があるなら、それがどんなものでも、掴んでみせる……何もしないまま、後悔《こうかい》はしたくない)

そう心に決めると、昨夜の紬との会話を思い返した。


「真澄くんのご家族？」

いづみが驚いて聞き返すと、紬がうなずく。

「お亡《な》くなりになっていなければ、真澄くんにはおばあさんがいるはずです。前に、真澄くんからおばあさんとの思い出について聞いたことがあるんです。なんでも、ずっと離れて暮らしてはいるものの、日本に住んでいるとか……確か、初恵《はつえ》さんというお名前だったかと思います」

「碓氷、初恵さん……」

「もしかしたら、何か解決の糸口になるかもしれません。後見人になってもらうという方法も考えられますし……」

紬の言葉で、一筋の光が射《さ》したような気がした。

（真澄くんはもういいって言ってたけど……）

「捜《さが》してみます！」

いづみは考えるより先に、そう口に出していた。

「ただ、この短期間に名前だけで捜し出すことが可能かどうか……そもそも、父方の祖母でなければ、苗字が碓氷でない可能性も……」

紬に冷静に告げられて、いづみがぽかんと口を開ける。

「あ、そうか……」

「……なんとか真澄くんから聞き出せればいいんですけど」

「それは、無理かもしれません……」

先刻の真澄の様子を思い出しながら、いづみが首を横に振る。

「うーん……」

「ともかく碓氷初恵さんで、片《かた》っ端《ぱし》から探してみるというのはどうでしょう」

考え込む紬に、いづみが提案する。

「そうですね……」

望みは薄《うす》いがそれしか方法がない。紬が難しい顔でうなずいた時、後ろから声がした。

「監督さん、それ多分ビンゴだと思う」

「え？」

振り返ると、ソファに座っていた至がスマホを片手にいづみたちの方を見ていた。

「真澄父について何かわからないか、ちょっとネットで調べてみたんだよね。そうしたら真澄父の会社も本人もかなり有名だから色々出てきてさ。匿名掲示板《とくめいけいじばん》で家族の情報も晒《さら》されてた。真澄本人の情報も載《の》ってて、胸糞《むなくそ》だったけどね……」

「初恵さんのこともわかったの？」

顔を顰める至に、紬がたずねる。

「ああ。真澄父と初恵さんはある時からほぼ絶縁《ぜつえん》状態らしい。ただ、今も実家からそう遠くないところに住んでるって」

「本当ですか⁉」

いづみが身を乗り出すと、至はどうどうと抑《おさ》えるように両手を上げた。

「ソースがソースだから、事実かどうかはわからない」

「今はそれを信じるしかなさそうですね。でも、遠くないところってどこに……」

紬が首をひねると、いづみも眉根《まゆね》を寄せる。

「しらみつぶしに碓氷っていう苗字を探すとか……？」

「人海戦術《じんかいせんじゅつ》使っても無理ゲー……」

至が腕《うで》を組んだ時、ぴょこんと、いつからいたのか三角《みすみ》が顔を覗かせた。

「何、何、どうしたの～？」

「真澄くんのおばあさんを捜したいんだけど、どうしたらいいか困ってて……」

いづみが困りきった表情で告げると、三角が勢いよく手を挙げた。

「はいはーい！　それなら、オレのさんかくネットワークを使わせて～！」

「さんかくネットワーク……？」

いづみは聞き慣れない言葉に、思わず首をかしげた。

（まさか、三角くんが仲良くしてるおばあちゃんたちの伝手《つて》で本当に見つかるとは……さんかくネットワークおそるべし……）

詳《くわ》しいことはいまだにいづみにもわからないが、構成メンバーには猫《ねこ》も入ってるとかいないとか。

「着きましたよ」

物思いに耽《ふけ》っていたいづみは、運転手の声ではっと我に返った。

「あ、はい。ありがとうございます」

慌てて料金メーターに示された代金を払《はら》い、車を降りる。着いたのは、閑静《かんせい》な住宅街だった。

いづみが時計を確認すると、約束していた三時ちょうどだ。

目の前にあるごく一般的《いっぱんてき》な二階建てアパートを見上げて、少し意外に思う。オートロック設備もない、やや古いタイプの建物だ。

（……想像してたより、質素なアパートだな。真澄くんのお父さんの会社のイメージからは程遠《ほどとお》い……真澄くんのおばあさん、どんな人なんだろう……）

不安な気持ちを抑え込みつつ、外階段を上がって、住所のメモに書かれた二〇二号室の前に立つ。

（ともかく、当たって砕《くだ》けるしかないよね）

一つ深呼吸すると、インターホンのボタンを押した。室内のチャイムの音が漏《も》れ聞こえてくる。

「はい」

間もなく、穏《おだ》やかな女性の声が聞こえてきた。

「あ、あの、立花《たちばな》と申しますが――」

「はい、はい。聞いておりますよ。少しお待ちくださいね」

軽い足音が近づいてきて、ドアが開く。

現れたのは、品のいい老齢《ろうれい》の女性だった。

「初めまして。碓氷初恵です」

初恵はそう言って微笑むと、いづみを室内に招き入れた。

「狭《せま》いところでごめんなさいね。あの碓氷の家がこんなでびっくりしたでしょう？」

「いえ……その、まあ……」

真澄の自宅が豪邸《ごうてい》ということを知るいづみは、何とも言えず言葉を濁《にご》した。室内は小奇《こぎ》麗《れい》に片づいており、間取りは古い１ＤＫで一人暮らしとしては十分な広さだったが、豪邸のイメージとはそぐわない。

「ふふ、正直に言っていいのよ。岬が初めてこの部屋を見た時の驚《おどろ》きようったら、なかったもの」

のんびりと微笑む初恵は身なりもきちんとしており、凛《りん》とした雰囲気《ふんいき》が漂《ただよ》っている。

(岬って、真澄くんのお父さんだ……この人にとっては息子《むすこ》になるんだよね)

初恵の口ぶりはいかにも気軽で、真澄の口から聞いた印象と少し違って聞こえる。

「昔は岬が用意してくれた高層マンションに住んでいたのだけれど、どうも分不相応《ぶんふそうおう》な気がして肌《はだ》に合わなくてね。代わりにここに住むって言ったら、岬があきれていたわ。最後には勝手にしろってそれっきり。以前から真澄の子育ての方針についても色々口うるさく言ってたから、嫌気《いやけ》がさしたんでしょう」

「子育ての、方針……」

いづみが思わず聞き返すと、初恵は恥《は》じるような、困ったような表情でうなずいた。

「……会社が成功して、あの子は変わったわ。仕事に追われるようになって、家族やプライベートを顧《かえり》みなくなった。豪邸なんかよりも家族のぬくもりが、真澄にとって、いえ、岬自身にとっても必要なものだったのに……」

そう言って視線を流す初恵の表情からは、真澄と同様に息子である岬を心配していることが伝わってきた。

「あ、ごめんなさいね。ぺらぺらと自分のことばかり」

ふと我に返ったように、照れ笑いを浮かべる初恵に対し、いづみはぶんぶんと首を横に振った。

「——いえ！」

「なんでも真澄のことで話があるとか……私で何かお役に立てるといいのだけれど」

初恵が首をかしげると、いづみは表情を引《ひ》き締《し》め、実は、と本題に入った。

一通り事の顚末《てんまつ》を話し終えると、じっと聞いていた初恵はほうっと一つ息をついた。

「あの子が役者になっていたなんて、全然知らなかったわ。それに寮《りょう》で仲間と暮らしているなんて……」

信じられないというような表情でつぶやく。初めの頃の真澄を知るいづみには、初恵の驚きがよくわかった。

「真澄くんも最初はギクシャクしてたんですけど、今はみんなと仲良くやっています」

いづみが微笑むと、初恵がほっとしたように表情を和《やわ》らげる。

「そう……きっと一人で暮らすよりもみなさんと暮らす方が楽しいでしょうね。不器用な子で、友達もあまりいなかったから、心配していたのだけれど……本当に良かった」

心底安堵《あんど》したような口調だった。それを聞いたいづみの胸に温かいものが灯《とも》る。

（初恵さん、真澄くんのことを本当に愛してたんだ……）

家族と縁遠《えんどお》いと思われていた真澄のことをこんな風に想ってくれている人がいたことは、いづみにとってもうれしい。

「同居していた頃は私が自然と真澄の世話をすることが多くてね、本当に可愛《かわい》がっていたのよ」

懐《なつ》かしむように目を細めた初恵の表情が、ふと曇《くも》る。

「でも岬と絶縁状態になってから、岬は引っ越し先も連絡してこなくてね。結局、会うこともできなくなって……。真澄を一人にするくらいなら、私がもっと我慢《がまん》していれば良かったんじゃないかって、ずっと後悔していたの」

初恵はぎゅっと自らの両手を握り締めると、深々と頭を下げた。

「本当にありがとうございます。真澄を仲間として迎えてくださったみなさんに心から感謝します」

「そんな、私たちは何も……」

いづみは慌てて両手を振った。

「……それに、真澄くん、明後日《あさって》にはお父さんのいるアメリカに来るように言われてるんです。真澄くんが知らないうちに、そのための手配もすべて済まされてしまっていて……。

このままだと、真澄くんの意思とは関係なくアメリカに行かないといけなくなっちゃうんです」

「岬が……？」

初恵が驚いたように口元に手を当てる。

「真澄くんは劇団に残りたいと言っていますし、私たちもみんな、真澄くんに残ってほしいと思っています。でも、血のつながりをもつ本当の家族であるお父さんには勝てません。だから、初恵さん、力になってもらえませんか？　お願いします！」

今度はいづみが頭を下げる番だった。テーブルに頭をぶつけそうな勢いでお辞儀《じぎ》をする。

今や、頼みの綱《つな》は初恵だけだった。

「……私は、真澄の本当の家族といえるのでしょうか」

ぽつりと頭の上から降ってきた言葉を聞いて、いづみは思わず顔を上げる。

「え……？」

「家族というのは、血のつながりだけで結び付くものではなく、もっとずっと深いところで結び付く縁《えん》だと思います。真澄の祖母であることに変わりはありませんが、私に真澄の本当の家族を名乗る資格はありません」

「そんな……」

最後の希望が絶たれたような気がして、いづみが言葉を失う。けれど、初恵は穏やかな笑《え》みを浮かべた。

「むしろ今の真澄は、寝食を共にし、同じ目標を持つあなたたちにこそ、本当の家族に近い結び付きを感じているはず。私も、できることを探します。でも、自信をもって。今の真澄が頼《たよ》れる『家族』は、間違《まちが》いなくあなたたちなのだから」

初恵の言葉が再びいづみの胸に光を灯した。

今、真澄の一番近くにいて、お互いに信頼《しんらい》し合っているのは、間違いなくいづみと劇団員だ。その自負があるからこそ、初恵の言葉はすんなりと受け止められた。

「……はい」

こみ上げるものをぐっと堪《こら》えながら、いづみはしっかりとうなずいた。

初恵からはそれから特に連絡もないまま、真澄の渡航日《とこうび》が明日に迫《せま》っていた。

（明日までに真澄くんを引き留める方法を考えないと。初恵さんはああ言ってくれたけど、私たちに何ができるんだろう……）

明確な手立てが見つからず、焦《あせ》りばかりが募《つの》る。このところ、そのことばかり考えていたいづみは夜もろくに寝《ね》ていなかった。

重たい頭を抱《かか》えながらのろのろと朝の支度《したく》を整えた時、勢いよくいづみの部屋のドアがノックされた。

「監督、大変っす！」

ドアを開けると、切羽詰《せっぱつ》まった表情の綴が飛び込んでくる。

「真澄の荷物がないっす」

「え⁉　どういうこと⁉」

「とにかく、来てください」

言われるままに、綴と真澄の部屋へと駆《か》けだす。

「朝起きたら、もぬけの殻でした。家具とかはそのままですけど、身の回りの荷物がなくなってて……」

衣服やCDがキレイになくなった部屋を見て、いづみが絶句する。

「まさか……一日早く、今日出発したんじゃ……」

そうつぶやいた瞬間《しゅんかん》、真澄の言葉が脳裏にフラッシュバックした。

（真澄くん、迷惑をかけたくないって言ってた。引き留められるのをわかってたから、何も言わずに……？）

綴もいづみと同じ考えに至ったのか、舌打ちをする。

「くそ、普段は余計なことばっかり言うくせに、なんでこういう時は何も言わないんだよ」

二人が呆然《ぼうぜん》と立ちすくんでいた時、開け放たれたままのドアから咲也とシトロンが顔を覗かせた。

「どうかしたんですか？」

「おはようダヨ〜」

その後ろを眠《ねむ》そうな顔の至がスマホを片手に通りかかる。大方また徹夜《てつや》でスマホゲームをしていたのだろう。

「ふああ〜。おはよ」

いづみははっとしたように至に声をかけた。

「至さん、朝一のアメリカ行きの飛行機は何時ですか⁉」

「ふあ⁉　ちょい待ち」

それだけで事情を察したのか、さっと表情を変えた至が素早《すばや》くスマホで空港のサイトにアクセスする。

「……一番早い便で十一時かな」

いづみはそれを聞くなり、自分の時計を確認した。

（まだ六時……今から空港に向かえば間に合う――）

「真澄くん、もう出発しちゃったんですか⁉」

「一日間違えてるヨ。マスミもちょっかしいね」

「そそっかしい、な！　それに、多分わざとだと思う」

部屋の様子を見た咲也とシトロンが声をあげると、綴が律儀《りちぎ》に突っ込みながら説明する。

「何も言わずに出るつもりだったのか」

至がつぶやいた時、いづみはぱっと顔を上げた。

「――みんな、今すぐ支度して！　まだ、間に合うかもしれない……他の組にも声かけて、みんなで迎えに行こう！」

いづみの意図を理解した咲也たちはいっせいにうなずいた。

「はい！」

「がってんヨー！」

「っす！」

「おk」

今を逃《のが》せば、真澄とは離《はな》れ離《ばな》れになる。本当は行きたくないという真澄の気持ちをみんなわかっているからこそ、その後の動きは速かった。

数分後、支度を終えて玄関に揃《そろ》ったメンバーの顔をいづみが一人一人見回した。

「とりあえず、春組はみんな揃って――あれ？　千景《ちかげ》さんは？」

「あー、あの人は……」

至が何とも言えない表情で言葉を濁した時、ちょうど千景が玄関扉《とびら》を開けて入ってきた。

「おはよう」

勢ぞろいしているメンバーを見て、不思議そうな顔をする。

「千景さん、出かけてたんですか？」

「ちょっと泊《と》まりの仕事でね。みんなでどこか行くところ？」

いづみの問いかけに、千景はそう答えながら靴《くつ》と上着を脱《ぬ》ぐ。

「真澄くんをみんなで迎えに行くところなんです」

「へえ……？」

「千景さんも来てください」

納得《なっとく》したようなしていないような返事をする千景に、いづみが頼むと、千景は少し考え込んだ後、首を横に振った。

「……いや、俺は遠慮《えんりょ》しとくよ。新参者《しんざんもの》だし、キミたちで行った方が喜ぶ」

「全員じゃないとダメなんです」

「どうして？」

「私たち全員……真澄くんの家族だからです」

付き合いが短いからという千景の遠慮《えんりょ》もいづみには理解できたが、劇団員全員で行くことが大切だと確信していた。真澄にとってはＭＡＮＫＡＩカンパニーという劇団自体が家族なのだ。いづみはそれを伝えたかった。

「急いでください」

まだためらっているような千景に、いづみが有無を言わさぬ力強さで念押しする。ここはどうしても譲《ゆず》れなかった。

「わかったよ」

諦めたように肩《かた》をすくめると、脱いだばかりの上着を再び羽織って靴を履《は》く。

と、同時に夏組《なつぐみ》メンバーを引きつれた天馬《てんま》が階段を下りてきた。

「夏組揃ったぞ」

左の廊下《ろうか》には冬組《ふゆぐみ》メンバーと紬が並ぶ。

「冬組も揃いました」

反対側の廊下には秋組《あきぐみ》メンバーと万里《ばんり》が並んだ。

「秋組もオッケー」

総勢二十人の団員が玄関前に集結する。いづみはそれを確認すると、大きく息を吸い込んだ。

「じゃあ、足がない人は左京さんと至さんと丞《たすく》さんの車に分かれて乗ってください！」

「バイク組はバイクで空港に向かうよ。俺が先導する」

臣《おみ》が手を挙げて申し出ると、いづみがうなずいた。

「お願いします！」


それから数時間後、多くの人が行きかう空港の出発ロビーの一角に、いづみは団員たちを集めた。人数が人数なだけに、どこかのツアー客のようだ。

「各組、それぞれ出発口とチェックインカウンター周りを探して。春組は北側の出発口を探すね」

リーダー四人にそう指示を出す。

「オレたちは南側出発口を探す」

「じゃあ、秋組はチェックインカウンター見て回るわ」

天馬に続いて万里がそう宣言すると、それぞれのメンバーに伝達する。

「冬組はまず館内放送を頼んでみます。おそらく来ないとは思いますが、念のため……」

紬がそう告げると、いづみがうなずいた。

「お願いします！　それじゃあ、また後で――！」

二十人の団員といづみは一斉《いっせい》に空港内に散らばった。

「真澄くん！」

「真澄くん、どこ!?」

いづみと咲也は北側の出発口の辺りで声を張り上げた。

「迷子のお知らせダヨー！　マスミ、身長１７５センチ、やせ型のボーイダヨ！」

シトロンも辺りを見回しながら、声をかける。

「くそ、人が多いな――」

綴が焦りの表情を浮かべた時、人波の中に特徴的《とくちょうてき》なメッシュの入った髪《かみ》が見《み》え隠《かく》れした。

「いた……！」

目ざとく見つけた至が声をあげると、とっさに振り返ったいづみも須賀と共に歩く真澄の姿をとらえる。

「真澄くん、待って！」

いづみと春組メンバーが駆《か》け寄《よ》ると、真澄が驚きの表情を浮かべて立ち止まった。

「あなたたち……」

「良かった。間に合った！」

須賀が戸惑《とまど》った様子でいづみたちを見つめる中、咲也はほっとした表情で微笑んだ。

「ＬＩＭＥでみんなに連絡してあげて」

「わかったヨ！」

いづみの指示に、シトロンが応える。

「せっかく真澄くんのわがままを聞いて、出発を一日早めたのに意味がありませんでしたね」

ため息交じりに須賀がつぶやく。

「須賀さん……真澄くんはアメリカになんて行きません」

いづみは一歩前へ進み出ると、須賀を見据えてそう告げた。

「それはあなた方の都合でしょう」

「真澄くんもここに残りたいと思っています！」

いづみが主張するも、真澄は何も言わずにただ視線をそらした。

「……昨日、急きょ碓氷も真澄くんを迎えに帰国しております。間もなく空港に到着《とうちゃく》すると連絡がありました。真澄くんを連れて一緒にアメリカへ戻る予定です。これ以上騒《さわ》ぎ立《た》てるのであれば、警備員を呼びますよ」

「そんな……」

そっちがその気なら、こっちも手段を選ばないという須賀の強硬《きょうこう》な態度を受けて、いづみも二の句が継《つ》げない。

真澄は苦しげな表情を浮かべながらも、じっと床《ゆか》を見つめていた。

（真澄くんは、こうなることがわかってたから、黙《だま》って行こうとしたの……？）

と、駆け寄ってくる足音がした。

「真澄！」

「真澄くん、良かった……」

天馬と紬が夏組、冬組メンバーと共にやってくる。

「こっちだ！」

万里が秋組メンバーに合図を送り、その場に全劇団員が集まった。

「なんですかあなたたち、ぞろぞろと……」

ぐるりと自分たちを取り囲む面々を見て、須賀が顔を顰める。

「全員……？」

真澄がぽかんとした表情を浮かべた。

「うん。みんなで迎えに来たの」

いづみはようやく顔を上げた真澄に微笑んだ。

「昨日、初恵さんに会ったよ」

「ばあちゃんに……？」

「離れて暮らしていても真澄くんのことをずっと気にかけていて、心配してたって言ってた。今、真澄くんが劇団でがんばってることを伝えたら、すごく喜んでくれたよ」

真澄にはその様子が想像できたのか、動揺したように視線をさまよわせる。いづみはそんな真澄をまっすぐに見つめた。

「初恵さんに言われたの。血のつながりがあるから家族なんじゃない。もっと深いもので結び付いているのが家族だって。今の真澄くんにとっては、私たちがそういう存在なんじゃないかって……」

いづみはそこで一呼吸置くと、先を続けた。

「真澄くん、私たちと家族になろう。これからも一緒にお芝居《しばい》して、もっとたくさん大切な思い出を作っていこう。ＭＡＮＫＡＩカンパニー全員で。血のつながりはなくても、私たちは真澄くんのことを全力で守るよ。だから頼ってほしい」

いづみの言葉を聞いて、真澄が目を見開く。

「何を勝手なことを……」

須賀の言葉を遮って、真澄が泣きそうな表情で口を開いた。

「――なりたい。家族になりたい！　アンタたちと一緒にいたい！」

絞り出すような声に、いづみが目を潤《うる》ませてうなずく。

「うん、ずっと一緒だよ」

真澄がどんな思いでその一言を告げたのか、今までどれだけ我慢して苦しんでいたのかがわかるからこそ、胸が締め付けられる。何があっても、どんなものからも真澄を守る。

いづみは改めてそう決意した。

須賀が二人のやり取りを見て、言葉を失っていた時、一人の男が近づいてきた。

「……真澄」

真澄の肩がびくりと跳《は》ねる。

現れたのは、仕立ての良さそうなスーツを着た壮年《そうねん》の男だった。

「社長……」

須賀のつぶやきを聞いて、いづみがはっとする。

（この人が、真澄くんのお父さん……）

「出たヨ、親玉！」

「あふれるラスボス臭《しゅう》……」

シトロンと至がどこか気の抜《ぬ》けた反応をする一方、真澄の表情は凍《こお》り付いていた。

「……お、父さん」

真澄を見据える岬は顔色をまったく変えなかったが、黙っていても妙《みょう》な威圧《いあつ》感があった。

「俺は……アンタと一緒には、行かな——」

ぎこちないながらも自分の気持ちを口にする真澄を前に、岬は小さく息をついた。

「……お前にはまだファーストクラスは早いかもな」

「え……？」

真澄が呆気《あっけ》に取られていると、岬の後ろからゆっくりと初恵が姿を現した。

「その航空券は私が使うわ」

「初恵さん……!?」

「ばあちゃん……」

いづみと真澄が同時に声をあげる。

初恵は目を細めると、愛情のこもったまなざしで真澄を見つめた。

「真澄。わがままな父親でごめんなさいね。この人、離婚して完全に一人になるのが寂しかったのよ。だから、アメリカには私が行くわ。きっと、離れていたからわからなかったのね。もう真澄は一人で親の帰りを待っているような子供じゃないのに」

　初恵がちらりと岬に視線を送ったが、岬はバツが悪いのか、初恵の方を見ようともしない。

「立花さんと会った後、この子に電話して話したの。真澄がきちんと自分の居場所とやりたいことを見つけてがんばっていること……この子も何も知らなかったものだから、ずいぶんと駄々《だだ》をこねたけど、結局は納得してくれたわ」

「母さん、駄々というのは……」

　さすがに聞き流せなかったのか、岬が口を挟《はさ》む。

「こねたでしょう？」

　初恵が口元だけで微笑むと、岬はそれ以上何も言わなかった。

　そして真澄に向き直ると、しばらく沈黙《ちんもく》した後、口を開いた。

「あいつと離婚して、一人になってわかったんだ。今まで、離れていても家族という存在を感じていたからこそ、仕事にもまい進できたことを……。お前にも、ずっと寂しい思いをさせていたんじゃないかと思った。今更父親面《づら》する資格なんてないが……。でも、寂しい思いをしていないならいい。本当にやりたいことを見つけたなら、好きにやれ」

「お父さん……」

真澄が驚いたように目を見開く。

（真澄くんのお父さんも、不器用なだけで、真澄くんに愛情がなかったわけじゃなかったんだ。きっと、仕事に必死すぎて見えていなかっただけ……）

初めて会ったいづみにも、岬の心情は伝わってきた。それほどに、岬の声は息子に対する情にあふれていた。

「元気でな。たまには連絡をよこせ。電話にも出ろ」

「……わかった」

ぎこちなく笑う岬に対して、真澄が短くうなずく。親子というには事務的すぎる不器用な二人の態度はどこからどう見てもそっくりで、親子そのものだった。

岬が取り繕《とつくろ》うように真顔に戻ると、いづみへと顔を向ける。

「立花さん、だったか。真澄をよろしく頼む」

「はい――もし、また帰国することがあったら、真澄くんの舞台を観《み》に来てください。真澄くんのがんばってる姿を、見てあげてください」

「そうさせてもらおう」

岬はわずかに微笑むと、踵《きびす》を返した。

「行くぞ、須賀」

「よろしいのですか？」

「構わん」

「は」

須賀は短く返事をすると、いづみたちの方へ一礼した。

「……社長も、実の親には勝てないようですね。それでは、失礼いたします」

「またね、真澄。しっかりやるのよ」

「うん」

初恵が声をかけると、真澄はうれしそうにうなずく。

「立花さん、真澄のこと、くれぐれもよろしくお願いしますね」

「はい！」

初恵は元気よく答えたいづみに微笑み、岬たちの後を追って手荷物検査のゲートをくぐっていった。

「無事、残留決定……？」

放心したように三人の背中と真澄を見比べながら、綴がつぶやくと、わっと辺りが沸《わ》きたった。

「おめダヨ〜！」

「良かったね、真澄くん！」

シトロンと咲也が勢いよく万歳《ばんざい》する。

真澄はそんなメンバーに目もくれず、いづみの手を取った。感極《かんきわ》まった表情の真澄の視界にはいづみの姿しか映っていない。

「ま、真澄くん⁉」

真澄が両手を掴んだまま間近に迫ってくると、いづみが焦ってのけぞる。

「プロポーズ……うれしすぎて、夢みたい」

「プロポーズ⁉」

「ばあさんとのあれか」

何のことだと驚くいづみの背後で、万里がつぶやく。

「あれは保護者として——」

いづみは慌てて弁明するが、熱っぽい目をした真澄がそれを遮った。

「……永遠を誓《ちか》うだけじゃ足りない。俺の初恋《はつこい》は終わったのかもって、すごく怖《こわ》かった。でも、また始まったんだ。何度でもアンタに恋する。これからも、ずっと……」

いづみの手を握る真澄の手に力がこもり、また一歩近づく。

「真澄くん、落ち着いて！」

さらにのけぞったいづみが、助けを求めて辺りを見回すと、あきれたような団員たちの顔が目に入った。

「っていうか、よろしくお願いされた直後にこんなところ見られたら、一発で即《そく》渡米だろ」

「それはまずいよ、真澄くん！」

万里の冷静な突っ込みに、いづみの顔が青ざめる。

「好き……愛してる」

真澄は一切周りの音が聞こえていない様子で、さらにいづみに迫った。

「真澄くん――！」

「もう離れない……」

いづみの背中が限界までしなり、あわやそのまま後ろに倒《たお》れるかと思った時、真澄の頭上にげんこつが振り上げられた。

「いい加減にしろ!!」

ドスのきいた左京の一喝《いっかつ》と共に、一撃《いちげき》が食らわされる。

あまりの衝撃《しょうげき》に、真澄は頭を抱えてその場にうずくまった。

「安定の親父《おやじ》の雷《かみなり》が……」

「さすがッス！」

憐《あわ》れむような綴のつぶやきに続き、太一《たいち》が声をあげる。

「誰が親父だ！」

左京が振り返ると、綴と太一は素知らぬ顔でそっぽを向いた。その場の空気が一気に和《なご》む。

そんな様子を輪の一番外側でじっと見つめていた密に、音もなく千景が近づいた。

「……『家族』だってさ、ディセンバー。もちろんお前も入ってるんだろう？」

顔にいつもの穏やかな笑《え》みを貼《は》り付かせたまま、密にしか聞こえないようにそう問いかける。声には明らかな刺《とげ》があった。

「……何を考えている」

顔を正面に向けたまま、無表情で答える密の声も硬《かた》く、いつもとは違っていた。

「お前の大切な家族とやらを、どうやって引《ひ》き裂《さ》いてやろうかなって」

密の表情が変わる。その変化はわずかなもので、近くにいる千景しか気づかないようなものだったが、千景は満足そうに喉《のど》を鳴らした。

「……いいか。お前は、組織の中では死んだことになっている。俺がお前の生存と裏切りを伝えたら、この劇団はどうなると思う?」

答えられずにいる密を確認してから、千景はさらに続ける。

「……己《おのれ》の罪を思い出せ」

その言葉を聞いた密の顔色が、明らかに青くなった。体が小刻みに震《ふる》え始める。

千景はそれを認めると、そっと密から離れた。

第３章　二面性

七月十八日。

今日もあいつがうるさかった。

あいつは細かくて口うるさい。

それを言うとまた嫌味《いやみ》を言ってくるから言わないけど、何も言わなくてもガミガミ言ってくるからやっぱりうるさい。

「単独行動はやめろって言ってるだろ。何度も言わせるな。お前のそういう行動が俺たちチーム全体を危険にさらすんだからな」

「単独行動じゃない。ただ寝《ね》てただけ」

「同じだろ！」

「コラ、ふたりともケンカしない！　結果的に何事もなかったんだからいいだろう？」

「お前はこいつに甘《あま》すぎるんだ」

「そういうキミは真面目すぎるんだよ。ほら、甘いものでも食べて、イライラを収めて」

「別にイライラしてるわけじゃ……」

「いいから食べる」

「――ぱく」

「いや、俺は――」

「ほら、キミも。それとも最近完成した新薬の実験台になりたい？」

「――っ」

「はい、これで仲直り！　もうケンカしちゃダメだよ？」

「……もぐもぐ」

「……」

「……もぐもぐ」

「お前が食え。これでチャラだ」

「……もぐもぐ」

あいつは甘いものが嫌《きら》いで、自分の分のお菓子《かし》をたまにくれるのだけがいいところだ。

口うるさいあいつのことを我慢《がまん》すればいいだけだから、今の暮らしには満足していた。

与《あた》えられた仕事をこなしていればご飯が食べられるし、暖かい寝床《ねどこ》で眠《ねむ》れる。

それに……。

「あぁ、もう一個食べるかい？」

「……食べる」

この甘くて白くてふわふわな、マシュマロが食べられる。


「――っ」

ぐったりと力の抜《ぬ》けた体が、腕《うで》に重たくのしかかってくる。

止血した部分のぬるぬるとした感触《かんしょく》が出血の多さを語っている。

「逃《に》げろ、キミだけでも……」

徐々《じょじょ》に呼吸が浅くなっていくのがわかって、心臓が握《にぎ》りつぶされるような気がする。

焦《あせ》りだけが募《つの》っていく。

「嫌《いや》だ！　死ぬな！」

「僕は、もう……」

「――っ」

平日の昼間、学生組のいない寮《りよう》はいつもより静かだ。

昼食の時間を過ぎた談話室のソファには、黙々《もくもく》とマシュマロを食べ続ける密《ひそか》と、外国語で書かれた詩集を読む誉《ほまれ》が座っていた。

密がのろのろとマシュマロの袋《ふくろ》に手を伸《の》ばし、一つつまんでは口に放り入れ、一つつまんでは口に入れ、というのを繰《く》り返《かえ》していると、誉がふと顔を上げた。

「密くん？　どうかしたのかね？」

怪訝《けげん》そうにたずねると、密が小さく首をかしげる。

「……何が？」

「体の具合でも悪いんじゃないのかね」

「……悪くない」

「何か気になることでもあるの？」

向かいのソファで二人の会話を聞くともなしに聞いていたらしい東《あずま》が、口を挟《はさ》む。

「マシュマロのペースがいつもよりずいぶんと遅《おそ》いんだよ」

「そんなの把握《はあく》してるのか」

東の隣《となり》に座っていた丞《たすく》があきれたような顔をした。

「在庫管理には必要な情報だからね。自慢《じまん》じゃないが、今までマシュマロは切らしたことがないよ」

「誉はさすがだね」

「その能力をもっと他に回したらどうだ」

得意満面な誉を見て、東は微笑《ほほえ》み、丞は肩《かた》をすくめる。

ふと、誉がはっとした表情を浮《う》かべた。

「まさか、お徳用マシュマロに飽《あ》きたんじゃないだろうね!?　お徳用じゃないと、もっと数が減って単価が高くなるのだよ！」

「コスパまで考えてるんだね」

「だから、その能力をもっと他に……」

東と丞の反応をよそに、密が淡々《たんたん》と首を横に振《ふ》る。

「……飽きてない」

「だったらいいがね」

誉はほっとしたように息をついたが、どこか納得《なっとく》のいかない表情だった。

一方、ダイニングテーブルでは、ノートPCを前にした綴《つづる》が頭を抱《かか》えて突《つ》っ伏《ぷ》していた。

「あああ……思いつかねー！」

「大丈夫《だいじょうぶ》？　春組《はるぐみ》の脚本《きゃくほん》のこと？」

キッチンでマグカップにお茶を淹《い》れてきた紬《つむぎ》が、通りがかりに声をかける。

「……どうしても、千景《ちかげ》さんの役柄《やくがら》が思いつかなくて」

「一度、二人でゆっくり話してみたら？」

「前にインタビューとかもしてみたんすけど、なんかうまく千景さんの本音が聞き出せないんすよね」

困り果てた様子の綴を見て、紬は少し考えるように首をかしげる。

「リラックスできるような環境《かんきょう》で、お茶でも飲みながらやってみたらどうかな。あんまり構えずに済むかもしれないよ」

「そうっすね……」

ふと、紬が思いついたように笑《え》みを浮かべた。

「ビロードウェイに雰囲気《ふんいき》のいいカフェがあるんだ。万里《ばんり》くんともカフェでお茶するうちに仲良くなったし、結構効果あると思うよ」

紬と万里は元々リーダー同士ということ以外あまり接点がなかったが、カフェ巡《めぐ》りが好きということから、一緒《いっしょ》にお茶を飲みに行く間柄《あいだがら》になった。

紬はカフェのメニューの味はもちろんだが、店内の内装や雰囲気にも自分なりの好みがあり、リラックスできる空間の力を知っている。紬は、それが少なからず二人の関係に変化を及《およ》ぼすのではないかと考えていた。

「っす。誘《さそ》ってみます」

綴はわずかに微笑むと、頭を下げた。


数日後、紬おすすめのカフェに、綴と千景の姿があった。

昼下がりという時間もあって店内はほぼ満席だったが、不思議と騒々《そうぞう》しさはない。窓際《まどぎわ》の席に座った二人は、コーヒーを注文するとゆったりと椅子《いす》の背にもたれた。

「すみません、急に……」

綴がすまなそうな表情を浮かべると、千景は微笑みながら首を横に振る。

「構わないよ。話って何？　またインタビュー？」

「いや、今日は脚本とか関係なく、千景さんと二人で話がしてみたくて」

「そう？　たしかに二人っきりで話す機会ってなかなかないよな」

千景は少し意外そうな顔をしたものの、すぐに砕《くだ》けた調子でうなずいた。

「寮にいるとなんだかんだでにぎやかっすから」

「どこにいても人の気配がして、大家族って感じだよね」

「千景さんとか、ちょっとうるさく感じたりするんじゃないんすか。俺にとっては、馴染《なじ》んだ感じですけど」

「綴は家族が多いの？」

「十人兄弟っす。俺が三男で下に七人弟がいます」

「それは多いな」

千景が驚《おどろ》いたように笑う。

「千景さんはどうでした？」

「……俺は普通《ふつう》だよ。三人」

綴が質問すると、千景はす、と視線をそらして答えた。

「じゃあ、慣れるまで大変っすね」

「まあ、ある意味新鮮《しんせん》で面白《おもしろ》いかな」

そこでコーヒーが運ばれてきた。

備前焼《びぜんやき》のカップはシンプルだが深みのある茶褐色《ちゃかっしょく》で、コーヒーを引き立たせる。

二人とも無言で一口飲むと、自然と表情が和《やわ》らいだ。

「至《いたる》さんとの二人部屋はどうっすか？」

「この年齢《ねんれい》で二人部屋っていうのもなかなかない経験だから、楽しんでる。もともと知ってる間柄だし」

「至さんって、会社ではもっとちゃんとしてるんすよね？」

「はは、会社では、な。俺もまさかあんな奴だとは思ってなかった」

千景が笑い声をあげる。

寮ではだらしない姿で四六時中ゲームをしている至だが、会社では皺《しわ》一つないスーツを着こなし、完璧《かんぺき》な好青年で通っていた。

「会社の奴が知ったら、驚くんじゃないかな。いつでも余裕《よゆう》があって、スマートな茅ヶ崎《ちがさき》さんだから」

「想像つかないっす」

たまに対外的な至の一面を見ることはあるが、基本的に綴にとっての茅ヶ崎至はだらしない重度のゲーマーだ。

「そうかもね」

千景はそう言って笑うと、思い出したかのように続けた。

「そういえば、真澄《ますみ》の件は大変だったね」

「ああ、しばらくはあいつも、らしくなく沈《しず》んでましたからね。フォローするのも一苦労です。今は手のひら返したみたいに元通りっすけど。もうちょっと大人しいままでも良かったかも……まあ、それも調子狂《くる》うからいいのかな」

素《そ》っ気《け》ない風を装《よそお》いながらも、その口ぶりには真澄に対する情がにじみ出ている。千景はそんな綴をじっと見つめた。

「……綴は生まれながらのお兄さんって感じだね」

「え？　そうっすかね。たしかに、年下の奴は大体弟と同じような感覚になりますけど」

「どうしてそんなに他人の面倒《めんどう》を見るの？　放っておこうとか思わないんだ」

真面目な表情で、千景がたずねる。

「うーん、そうっすね。目につくと自然と……性分《しょうぶん》かもしれないっす」

「……綴と似た奴を知ってるよ。人の世話ばっかり焼いて、最後には裏切られて……」

千景の声がわずかに硬《かた》くなる。

「……どんな人だったんですか？」

綴が問いかけると、千景は少し考えた後で口を開いた。

「俺の叔父《おじ》で、駐在所《ちゅうざいしょ》勤務の警察官をしてた。田舎《いなか》だから、近所の人みんな顔見知りみたいになってでね。よく掃除《そうじ》を手伝ったり、便利屋みたいに使われてたよ」

「へえ」

「でも、ある時顔見知りの主婦に掃除を頼《たの》まれて、家に入ったところで、前から好きだったって迫《せま》られて……相手は人妻だし、断ろうともめてるところを運悪く旦那《だんな》に見られちゃってね。その旦那が議員だったこともあって、弁解もむなしく、結局職を失った。今は立ち直ってるけど、しばらくは人間不信に陥《おちい》ってた」

「それは……気の毒でしたね……」

綴が言葉を選ぶようにそう告げると、千景の目にいたずらっぽい光が灯《とも》った。

「……なんてね」

「……は？」

「冗談《じょうだん》だよ」

「はあ!?」

思わずといった様子で綴が声をあげるが、千景はまったく悪びれずに肩をすくめた。

「まあでも、綴もそのくらい世話焼きな奴だよね」

「はあ……だったら、最初からたとえ話だって言ってください」

綴はあきれたような表情で脱力《だつりょく》した。

「っていうか、千景さんってなんでそんなウソつくんすか？」

綴が心底不思議に思ってたずねる。

千景のウソは自分の立場を有利にするためとか、そういった明確な目的がないだけに、わかりづらい。冗談として笑えるような類《たぐい》のものではないだけに、何故《なぜ》そんなウソをつくのか、綴にはわからなかった。

以前、相手が驚いたり考えたりする姿が可愛《かわい》いからと話していたのは綴も聞いていたが、どうも納得がいかなかった。

綴がじっと千景の答えを待っていると、千景はコーヒーカップを見下ろした。

「……真実は、弱さだから」

千景の表情やまとう空気が一瞬《いっしゅん》がらりと変わった。コーヒーの黒よりも深い、影《かげ》のようなものが落ちる。

「え？」

綴が言葉の内容よりも千景の様子に違和感《いわかん》を覚えて声を漏《も》らすと、千景が顔を上げた。さっきの影は消え、いつも通りの穏《おだ》やかな笑みを浮かべている。

「っていう答えはどう？」

「いや、どうって言われても……」

綴は戸惑《とまど》いながら、言葉に詰《つ》まる。

さっきの千景の表情が綴の頭に鮮明《せんめい》に焼き付いて離《はな》れなかった。普段《ふだん》とはまったく違《ちが》う底知れない暗さや闇《やみ》を感じさせる影……と、そこで綴がふと動きを止める。

闇、という言葉が天啓《てんけい》のように綴の脳裏《のうり》を駆《か》ける。八方ふさがりだった悩《なや》みに、一筋の光明《こうみょう》が差した気がした。

「綴くん、大丈夫ですかね……」

夕食の準備をしながら、咲也《さくや》が心配そうに談話室のドアの方を見つめた。

ここ数日、食事の時間に綴の姿を見ることはなかった。

「急にインスピレーションが湧《わ》いたって言ってたけど、あれからずっと缶詰《かんづめ》？」

いづみも不安になって、同室の真澄にたずねる。

「PCの前から動かないし、声をかけても気づかない」

「ご飯はちゃんと食べてるのかな……」

「呼んでも手を止めたくないって言うから、エネルギー補給のゼリーを飲ませてやってる」

「真澄くんが⁉」

今まで真澄が人に世話をされることは多々あれど、逆はまずなかっただけに、素《す》っ頓《とん》狂《きょう》な声をあげてしまう。

「寒天のムキムキネ！」

後ろで聞いていたシトロンも、驚いたように叫《さけ》んだ。

「いや、寒天じゃない。ゼリー飲料」

「いや、多分『青天《せいてん》の霹靂《へきれき》』」

真澄が律儀《りちぎ》に訂正《ていせい》すると、至がフォローを入れる。

「それダヨ！」

「よくわかるな」

やり取りを聞いていた千景が感心したようにつぶやいた。

「ちゃんと真澄くんがフォローしてあげてたんだね」

いづみがしみじみと感心していると、真澄が少し照れたように視線をそらした。

「一応……アイツも家族、だから」

「うん」

（真澄くん……この間の一件から、なんだか雰囲気が変わったな。前よりも大人になったみたいだ）

真澄の口から家族という言葉が出てきたのがうれしくて、いづみは自然と微笑《ほほえ》んだ。

その時、ゆっくりと談話室のドアが開いた。

「……で……き……た」

ドアノブを支えにして、よろよろと綴が入ってくる。

「綴くん!?　大丈夫ですか!?」

「生まれたての子鹿《こじか》みたいなのキタ」

近くにいた咲也と至が綴を支える。その拍子《ひょうし》に、綴の手から紙の束がばさりと床《ゆか》に落ちた。

「脚本ができたの？」

「……がく」

いづみが問いかけると、綴の頭が垂れる。

「虫の死期ダヨ！」

「虫の息な。大体合ってるけど」

シトロンと至がそんなことを言っている中、綴の口からは寝息《ねいき》が漏れてきた。

「とりあえず、今は寝かせてあげようか」

いづみがそうつぶいた時、臣《おみ》がキッチンから顔を覗《のぞ》かせた。

「綴、出てきたのか？」

「うん。そのまま寝ちゃったけど……」

「じゃあ、飯はその後だな。ちゃんと元気を取り戻せそうな胃腸《いちょう》にやさしいメニューを用意してるから」

「さすが、おかん」

気絶するように眠りについた綴の姿を見ながら臣が告げると、至が感心したようにつぶやいた。

「綴くんが寝てる間に、脚本コピーしとこう」

いづみが床に落ちた台本を拾い上げると、咲也が勢いよく返事をした。

それから二時間後、ダイニングテーブルには仮眠《かみん》と栄養たっぷりの夕食をとって、顔色の良くなった綴の姿があった。

「はー……生き返った。やっぱり伏見《ふしみ》さんの飯、最強っす」

「お粗末《そまつ》さま」

お茶を飲みながら綴が至福の表情を浮かべていると、臣が微笑む。

「さてと、綴くんも復活したことだし、下読み始めようか！」

いづみがそう言いながら、表紙に『エメラルドのペテン師』と書かれた台本を開く。

「っす」

綴はお茶を飲み干して、表情を引《ひ》き締《し》めた。

集まっていた春組のメンバーもコピーした台本をぱらぱらとめくる。

「今回は『オズの魔法使《まほうつか》い』をアレンジしたストーリーなんだね」

「しかも、主人公はドロシーじゃなくて、魔法使いオズなんだ」

中身に目を通しながら、いづみと至がつぶやく。

舞台《ぶたい》はドロシーがやってくる前のオズの世界。詐欺師《さぎし》のオズワルドが不思議な魔法の国に迷い込んで、口八丁手八丁で周りの人を騙《だま》していくという筋書きだ。

(なんていうか……これは……ウソが得意な千景さんにぴったりだな)

「詐欺師の役か……面白そうだね」

いづみが感心していると、千景は相変わらず本心の読めない笑顔《えがお》でつぶやく。

魔法使いたちとの対決を経て迎《むか》えるクライマックス、みんなを騙してばかりだったオズワルドはそれでも自分を信じようとする従者《じゅうしゃ》のリックに絆《ほだ》されて改心する。

いづみはこのくだりを読んで、自然と千景と咲也を思《おも》い浮《う》かべた。

「この最後のオズとリックのやり取り、千景さんと咲也くんを想像しちゃうね」

「リックは咲也であて書きしました」

「やっぱり、そうなんだ」

綴の答えを聞いて、いづみが納得する。

「え!? オレですか？」

「たしかに、簡単に騙されるところは咲也だな」

「ぴったりダヨ」

驚く咲也に対して、至もシトロンもうなずいている。

「そ、そうですか？」

「じゃあ、今回は主演が千景さん、準主演が咲也くんで決まりだね」

いづみがそう告げると、千景はにっこりと笑った。

「よろしく」

「よろしくお願いします！」

「他の魔法使いの配役は……」

残るは魔法使い四人だ。いづみはメンバーと相談しながら、残りの配役を決めていった。

「じゃあ、確認《かくにん》するね。オズワルド役が千景さん、リック役が咲也くん。西の魔法使い役が至さん、東の魔法使い役が綴くん。北の魔法使い役がシトロンくん、南の魔法使い役が真澄くん。配役はこれでいいかな」

それぞれの適性や個性と照らし合わせつつ、配役はすんなりと決まった。確認するようにいづみがメンバーの顔を見回すと、全員黙《だま》ってうなずく。

「明日からさっそく読み合わせをしよう。各自台本を確認しといてね」

「はい！」

「OKダヨ！」

そこで、その日のミーティングは終了となった。

千景がいづみたちに挨拶《あいさつ》をして廊下《ろうか》に出ると、その後を、小走りに足音が追ってくる。

「あ、あの、千景さん！」

「ん？」

振り返ると、真剣《しんけん》な表情の咲也が立っている。

「あの、今回の公演のことなんですけど……。今回はオズワルドとリックが一緒にいるシーンが多いので、二人の掛《か》け合いがすごく大事になると思うんです」

「うん」

先を促《うなが》すと、咲也が言葉を選びながら続ける。

「だから、その……。毎日ちょっとずつでも、コミュニケーションをとりたいなって思いまして……」

「……コミュニケーションって、例えば？」

不思議そうに千景がたずねると、咲也は焦ったように言葉を詰まらせた。

「えっと、それは、特に思いつかないんですけど……」

「なんでもいいの？　じゃあ……」

千景はどこからともなくコインを取り出し空中に投げた。

両手で掴《つか》んで、拳《こぶし》を咲也の前に突《つ》き出《だ》す。

「はい。どっちの手に入ってるでしょう」

「……左、ですか？」

咲也が問われるままに答えると、千景は両手を開いた。右の手のひらにはコインが載《の》っている。

「ハズレ。コミュニケーションってこんなところでいいかな」

「あ、はい！」

咲也はようやく千景の意図に気づいたように、慌《あわ》ててうなずいた。

「じゃあ、お休み」

「お休みなさい！」
背を向けた千景の表情から、すっと笑みが消えたが、咲也がそれに気づくことはなかった。

『あなた様はどなた様ですか？』
リック役の咲也がオズワルド役の千景に憧憬《しょうけい》のまなざしを向ける。
『私の名はオズワルー――オズだ』
『オズ様……大魔法使いオズ様！』
『魔法使い？』
『先ほど空を飛ぶ魔法を使っておられました！』
『ああ、あれは――……いや、待てよ。ここは話を合わせておくか』
千景はぶつぶつとつぶやくと、仰々《ぎょうぎょう》しく片手をかざした。
『我こそは偉大《いだい》なる魔法使い、オズ』
うさん臭《くさ》いコミカルな演技もそつなくこなす千景を、いづみは感心しながら見つめた。

(千景さん、あて書きだけあって、飄々《ひょうひょう》とした詐欺師オズワルドのキャラクターがはまってるな。それに、やっぱり滑舌《かつぜつ》がいい。セリフ回しだけ聞けば、他の劇団員たちに引けを取らない……ううん、むしろ上回ってるくらいだ)

いづみがじっと見つめる中、芝居《しばい》は着々と進んでいった。

本読みから立《た》ち稽古《げいこ》と、主演が初心者とは思えないくらい進みは順調だった。旗揚《はたあ》げ公演の時と比べると、雲泥《うんでい》の差《さ》だ。咲也たち経験者のフォローもあるが、千景の素質に依《よ》るところも大きく、稽古を見守るいづみの心中《しんちゅう》も穏やかだった。

やがて、物語は西の魔法使いとオズの対決のシーンへと差《さ》し掛《か》かる。

(でも……クライマックスの特に感情を大きく表現しなくちゃいけないシーン……)

器用な千景の唯一《ゆいいつ》の懸念《けねん》が残る部分だった。

『……では、お前に雷《かみなり》の魔法を授《さず》ける。《サンダー》と叫んで手を一振りすれば、たちまち雷が相手を打ちのめすはずだ』

西の魔法使いとの対決が避《さ》けられず、困ったオズワルドを救うため、リックが魔法を教えてほしいと頼《たの》み込む。

『サン――』

『馬鹿者《ばかもの》！　今唱えるな』

『も、申し訳ありません！　では、行ってまいります！』

『この隙《すき》に逃げるか……』

こっそり踵《きびす》を返そうとした千景は、ふと動きを止める。

『──おい、待て』

『はい？』

『本当に行くのか？』

『はい！』

咲也は迷いなく返事をすると、勇ましい足取りで下手《しもて》へ消えていく。

『……馬鹿な奴だ』

咲也が消えていった方をじっと眺《なが》める千景の表情は、淡々として変化に乏《とぼ》しい。

本来はリックを悪い西の魔法使いの元に向かわせて、その間に逃げようとするオズワルドの心の揺《ゆ》れを表現しなければならない場面だ。今の千景からは、それが見て取れないのが、いづみには気にかかっていた。

『邪魔者《じゃまもの》もいないし、あとはこの気球で逃《に》げ出《だ》すだけだ。快適だったが、これ以上の面倒はごめんだしな』

気球に乗り込もうとする千景が、ふと、下手の方へと視線を投げる。

『あいつ、どうなっただろう』

つぶやきは抑揚《よくよう》がなく、明日の天気でも心配するかのような軽い響《ひび》きだった。

いづみが芝居を止める。

「千景さん、そこはもう少しリックを心配するような感情をのせてください」

「わかった。やってみるよ」

『あいつ、どうなっただろう』

抑揚が加わったものの、心情が伝わってこない。

「もう少しためを使って、心底心配してるようにしてみてください」

『……あいつ、どうなっただろう』

いづみのアドバイス通りに繰り返すも、千景の芝居に大きな変化は生まれなかった。

（うーん……）

いづみが困ったように腕組《うでぐ》みすると、千景が首をかしげる。

「ダメかな？」

「いえ、ひとまずその調子で、先進めてください」

細かいところを詰めていくのは後にしようと決め、いづみは先を促す。

（やっぱり、感情をのせるのは苦手みたいだな……どうも薄《うす》っぺらくなっちゃう。こればっかりはどうしようもないか……お芝居《しばい》自体初めてなわけだし、むしろここまでできてるのがすごい。稽古を重ねていくうちに良くなればいいけど……）

いづみの胸に一抹《いちまつ》の不安がよぎる。

（大丈夫かな……そもそも、千景さんが感情を出すところをほとんど見たことがない気がする）

普段から感情を隠《かく》すことになれていると、芝居でもそれを表現することは難しい。

いづみは考え込むように眉根《まゆね》を寄せた。

「はい、それじゃあ、今日はここまで」

いづみの合図で、メンバーたちが集合する。

「お疲《つか》れさまでした！」

「お疲れっす」

「お疲れ」

咲也、綴、真澄が挨拶《あいさつ》をする中、いづみは千景の方を見た。

「千景さんだけ、ちょっと残ってもらえますか」

「わかった」

「お先ダヨー！」

「お先ー」

シトロン、至と他のメンバーが稽古場を去っていくと、千景は途端《とたん》に笑みを引っ込めた。

「……何？」

「千景さん、もしかして、あんまり大きな声を出したり、感情を激しく表現するのが苦手ですか？　昔受けたワークショップで、同じようなタイプの役者がいたのを思い出しまして、もしかしたら千景さんもそうなのかなと」

いづみの言葉を聞いているのかいないのか、千景はペットボトルの水を飲んで、特に反応を返さない。

「もし、難しいようなら、綴くんに言って、終盤《しゅうばん》の芝居を変えてもらうっていう方法も……」

いづみがうかがうように続けると、千景は素っ気なく首を横に振った。

「別に、今のままで構わないが」

無表情で取り付く島もない。

（なんだか二人きりになると、千景さんの態度が違う気がする。これって、女嫌《おんなぎら》いだから……？）

いづみが以前の千景の話を思い返していると、千景はさっさと帰り支度《じたく》を始めた。

「もういいかな」

「あ、待ってください」

慌てて呼び止める。

（とはいえ、嫌がられても、監督《かんとく》としてちゃんと話をしないと）

いづみは千景を追いかけると、さらに続けた。

「感情をのせるシーンで、やりにくいと感じる部分はありませんか？　私の指摘《してき》がわかりにくかったとか」

「……しいて言うなら、オズワルドがリックを心配する気持ちがよくわからない」

「じゃあ、理解するために、もう少し時間をかけましょう」

「わかったよ。考えてみる」

「ミーティングを開いてみんなで話し合ってみましょうか。一人で考えるよりも、理解が深まったりします」

「結構だ。部屋に帰らせてくれ」

「あ、千景さん――」

千景がさっさと出ていこうとした時、軽い音と共に何かが床に落ちた。

見ると、小瓶《こびん》のようなものが転がっている。

「千景さん、これ……」

「触《さわ》るな！」

いづみが拾おうとした時、千景の鋭《するど》い声が制止した。

びくっと、いづみが動きを止める。

千景は硬い表情のまま、素早《すばや》く小瓶を拾い上げると、ポケットにしまった。

「あ、あの――」

「触《ふ》れたら許していなかった」

千景は射抜《いぬ》くような冷たいまなざしでいづみを見つめた。すべてを拒絶《きょぜつ》するような千景の態度に、いづみは言葉を失う。

（拾おうとしただけなんだけど……そんなに大事なものだったのかな。ていうか、あんな大きな声出せるんだ……）

いつもの千景からは考えられない。

「忠告しておくが、あまり俺に――」

千景の言葉の途中《とちゅう》で、勢いよく談話室のドアが開いた。

「失礼します！」

「咲也くん？」

さっき出ていったばかりの咲也が戻《もど》ってきたのを見て、いづみが面食《めんく》らう。

「もうお話終わりました？」

「あ、まだ――」

「終わったよ。どうかした？」

いづみの言葉を遮《さえぎ》って、笑みを浮かべた千景が答えた。

「今日のコイン勝負がまだでした！」

「はは、咲也も律儀だな」

さわやかに笑う千景の表情は、穏《おだ》やかそのものだ。

（さっきの冷たい声との差が激しすぎる……！　裏表がすごいな）

いつも通りの笑顔を浮かべながら咲也と話す千景の姿を、いづみはじっと見つめた。

（でも、女嫌いっていうことは、私だけに冷たいってことだよね。無駄《むだ》に波風立てるのもなんだし、みんなには黙《だま》っていよう……）

胸に浮かんだ違和感に、いづみはそっと蓋《ふた》をした。

夜も十時を回り、多くの団員たちが就寝準備《しゅうしん》を始めた頃《ころ》、万里はのんびりと風呂《ふろ》に向かっていた。

と、至の部屋のドアが開き、至がひょっこり顔を出す。

「ば〜んり」

「なんすか？」

「いいもんやる」

はい、と至が何か差し出すと、万里は反射的に受け取った。

「って、コントローラーかよ！　今、風呂に入ろうと思ってたんすけど」

「俺は今からペンキ塗《ぬ》りしようと思ってたところだから」

「はあ？」

「むかつくチームがいてさー。ボコらないと、今日が終わらないわけよ。助《すけ》っ人《と》ヨロ」

「ったく、一戦だけっすよ」

最近人気のペンキを塗って対戦するゲームの誘いだと察した万里が、面倒くさそうに至の部屋へと入っていった。

「あれ？　千景さん、いないんすか」

入るなりそう告げた万里に、至がなんで？と不思議そうな顔をする。

「一緒にゲームしたかったとか？」

「いや、なんかあの人ちょっと苦手なんで」

至がたずねると、万里があっさり首を横に振る。接点があまりない万里にとって、腹の内をうかがえない千景は、得体がしれない人物に見えるのかもしれない。

「大丈夫、大丈夫。そもそもあの人、あんま部屋にいないから」

至が軽く答えながらコントローラーを操作してゲームをスタートすると、万里は隣に座ってぐるりと部屋を見まわした。

「っていうか、荷物もほとんどないじゃないっすか。あのスーツケースだけ？　ほんとにここで生活してんの？」

「やー……なんつーか、あの人は……」

言葉を濁《にご》しながら、素早くボタンを操作する。ディスプレイでは、至のキャラクターが縦横無尽《じゅうおうむじん》に駆《か》け巡《めぐ》っていた。

「ん？」

横で万里も不思議そうな顔をしながら、コントローラーを操作する。

「なんでもない。はい、キル」

至が淡々と告げると、ちょうど万里のキャラクターが倒《たお》れるところだった。

「あ、くそ、強《つえ》え」

「だから言っただろ。集中しろ」

「オケ、オケ」

それからは千景の話題が出ることもなく、二人は対戦相手に勝つことだけに意識を向けた。


稽古場の隅《すみ》に座った雄三《ゆうぞう》は一言も発しないまま、じっと通し稽古の様子を見つめていた。

その横に立っていたいづみも、稽古が大詰《おおづ》めを迎えて、仕上がってきた春組メンバーの芝居を見つめる。

(やっぱりクライマックスのオズワルドの演技が弱いな。他は大分まとまったけど、肝心《かんじん》なところがなかなか……)

いづみはちらりと、雄三の様子をうかがった。

「……雄三さん、どう思います？」

雄三がゆっくりと立ち上がり、パイプ椅子が軋《きし》む。

「全体的に慣れてきた分、こなしてる感じが出てきてる。もう少し前のめりなくらいじゃねえと、客は乗ってこねぇぞ」

雄三のよく通る声が、稽古場に響いた。

「リック。馬鹿正直で素直《すなお》なところはよく出てるが、退屈《たいくつ》で笑えねえ。もうちょっと間合いを考えろ」

「は、はい！」

咲也が緊張《きんちょう》した面持《おもも》ちで返事をすると、それを皮切りに雄三のダメ出しが始まった。

（相変わらずけちょんけちょんだ……）

稽古の仕上げの段階で雄三を呼ぶと、決まってダメ出し大会となる。もはや新生ＭＡＮＫＡＩカンパニーの恒例《こうれい》行事だ。

咲也に始まり、四人の魔法使いについて指摘をすると、雄三は残る千景に視線を移した。

「最後に主演のオズワルド。器用なのはいいが、クライマックスにかけての感情表現が大根すぎだ。ラストであれじゃ、舞台全体が台無しだぞ。やる気すら見えねえんじゃ、論外だ。どうにかしろ」

「……ご指導ご鞭撻《べんたつ》、ありがとうございます」

痛烈《つうれつ》な雄三に対して、千景は穏やかな笑みを絶やさない。

（全然堪《こた》えてない……）

「食えねぇ野郎《やろう》だ……」

いづみの思いと同調するかのように、雄三が苦々しくつぶやいた。


稽古終了後、いづみは雄三からリーダーと脚本担当を集めるように指示された。千景の芝居に関することだろうと検討をつけながら、咲也と綴に声をかける。

「この後、ミーティングをするから、咲也くんと綴くんは残ってくれる？」

「はい！」

「っす」

咲也と綴がいづみたちの方へと小走りに駆《か》け寄《よ》る。

「おつー」

「お疲れさま」

「お疲れダヨー」

至、千景、シトロンと他のメンバーは稽古場を後にした。

「雄三さん、リーダーと脚本担当揃《そろ》いました」

「どうかしたんですか？」

「主役のことでちょっとな」

咲也がたずねると、雄三は首の後ろを掻《か》く。

「あいつは……役者としては悪くない素材だ。ただ、今回みたいな芝居はできねぇタイプかもしれねぇ」

いづみが先日懸念《けねん》したのと同じことを、雄三が切り出す。

（私もそう思ったけど、芝居を変えることはこの間否定されちゃったしな……）

「ラストの方向性、変えた方がいいっすか？」

「今回の公演のことだけ考えるなら、それが最善だろうな。細かい感情表現がどうしてもできねぇ役者ってのはいるもんだ」

綴の申し出に、雄三があっさりとうなずく。しかし、その口ぶりには含《ふく》みがあった。

（今回の公演のことだけ考えるなら、か……）

「今後も演劇を続けていくなら、乗り越えなくちゃいけない問題ですよね」

いづみが雄三の真意を代弁すると、雄三はにやりと笑った。

「そういうことだ。なんとかするしかねぇ。ただ、問題はラストのオズワルドの芝居だけじゃねぇ。あいつ単体なら申し分ねぇが、あいつが入ったことで、他の春組メンバーの芝居がかみ合わなくなってる。他人行儀《たにんぎょうぎ》な雰囲気ってのが伝わってくる。新メンバー含めて、もっと春組としてまとまれ」

後半はリーダーである咲也に向けられていた。

「春組として……」

「色々考えないといけないね」

咲也といづみが真剣な表情で考え込んでいると、綴も短く返事をした。

稽古場を出ると、日が暮れ始めていた。他の劇団の稽古があるという雄三と別れ、いづみたちは談話室へと向かった。

「春組としてまとまるってどうすればいいんでしょう」

「うーん……旗揚げ公演の時の気持ちを思い出すとか？」

咲也がつぶやくと、綴も首をひねる。

「なるほど……」

「咲也くんは、千景さんの芝居をどう思う？」

いづみは千景との芝居の絡《から》みの多い咲也にたずねた。

「ええと……実は前から気になっていたことがあって。千景さん、お芝居の時こっちを見てはくれるんですけど、本当の意味では見てくれてない気がするっていうか……。うまく言えないんですけど……人形とお芝居しているような気持ちになることがあるんです」

「人形……」

咲也の言葉を聞いて、はっとする。

(そうか……千景さんと春組のみんなは、本当の意味でのアイコンタクトができてないんだ。呼吸が合ってないから、調和できないのかもしれない)

芝居はセリフや動きのやり取りだけでは成立しない。どんな関係性でどんな状況《じょうきょう》であっても、芝居の裏には役者同士の呼吸やタイミングのやり取りがある。それがなければ、単純にセリフと動きをなぞるカラクリ人形が舞台に並んでいるのと同じようなものだ。

「やっぱり、雄三さんの言う通り、春組メンバーとしてもっと距離《きょり》を縮めることが大事かもしれないいね」

いづみが神妙《しんみよう》な面持ちで告げると、咲也が考え込むように視線を落とした。

「距離を……――そうだ！」

咲也は突然《とつぜん》声をあげると、談話室へと駆けだした。

いづみと綴もわけもわからずその後を追う。

「あの！　今夜、春組メンバー全員で、舞台の上で寝てみませんか⁉」

咲也は談話室を開けるなり、そう叫んだ。

先に一休みしていた他の春組メンバーの視線が咲也に集中する。

「舞台の上で？」

「またか」

「懐《なつ》かしいネ～」

驚いた表情を浮かべるのは千景だけで、真澄はうんざりした顔になり、シトロンはうれしそうに笑った。

「旗揚げ公演の時のあれか」

「なる」

咲也の後から入ってきた綴に続き、至も納得したような声を漏《も》らす。

「旗揚げ公演の時、今と同じように春組の足並みが揃っていなかったんです。でも、みんなで舞台で一晩寝てみたら、絆《きずな》が深まって、お芝居も良くなっていったんです。だから――」

まだ状況が摑《つか》めないでいる千景に、咲也が説明を付け加えると、千景はあっさりうなずいた。

「わかったよ。俺も参加させてもらおう」

「ありがとうございます！　それじゃあ、今夜十時に自分の枕《まくら》と布団《ふとん》を持って、劇場に集合しましょう！」

咲也はぱっと顔を輝《かがや》かせると、そう告げた。

ＭＡＮＫＡＩ劇場の舞台の上には、いびつな円形に布団が並べられていた。中央に頭が来る向きで、一角だけもう一枚布団が入る程度のスペースが空いている。

「久しぶりにワクワクするネ～！」

さっそく布団にもぐり込んだシトロンが、ごろごろと転がる。

「狭《せま》い」

真澄が布団をひきずって一人、隅に行こうとすると、咲也が慌てて止めた。

「そんなに離れて寝たら、意味ないよ、真澄くん！」

「雑魚寝《ざこね》って、修学旅行みたいだよな」

綴が楽しげな表情で布団に横になると、至が布団の位置を微調整《びちょうせい》し始めた。

「コンセント確保」

「真っ先に充電《じゅうでん》の準備しないでください！」

「ライフラインだから」

いそいそとケーブルをスマホにつなぐ至を見て、綴が突《つ》っ込《こ》む。

「あれ？　千景さん、遅いですね」

一向に現れない千景を探して、咲也がきょろきょろと辺りを見回す。

「時間間違《まちが》ってるのかもな」

「捜《さが》してきましょうか」

スマホを確認する綴に、咲也がそう言って立ち上がる。

と、メッセージアプリのＬＩＭＥの着信音が鳴った。

至がスマホ画面に浮かび上がったメッセージを確認する。

「今、先輩《せんぱい》からＬＩＭＥ入った。急な仕事が入ったって」

「え、そうなんですか……」

咲也が明らかにがっかりすると、綴が複雑そうな表情を浮かべた。

「絶対ウソですよね」

「チカゲはソックスないネ～」

「ソックス……？」

シトロンに真澄が聞き返す。

「もしかして、素っ気ないっすか」

「それダヨ！」

シトロンは、綴に向かってご名答とばかりに指を鳴らしてみせた。

そんなメンバーの会話を聞いていた至が、ためらいがちに口を開く。

「……実はさ、先輩が寮に入る時、契約《けいやく》したんだよね」

「契約？」

真澄が怪訝そうにたずねると、至が人差し指を立てた。

「一、俺の寮内での自堕落《じだらく》な暮らしを外部に漏らさないこと。二、俺のゲームへの没頭《ぼっとう》を邪魔しないこと。三、俺の完璧《かんぺき》な室内電気配線を乱さないこと。四、俺のゲーム機器及びＰＣの配置を動かさないこと。五、動画撮影中《さつえいちゅう》は入室禁止（主に平日夜十時から十二時）」

「それ、部屋で過ごすの無理でしょ！」

一本ずつ指を立てていき、最終的に手のひらを広げたところで、綴がすかさず突っ込みを入れた。

「厳《きび》しすぎ……」

真澄もあきれた表情で至を見つめる。

「だって、ずっと部屋にいられると、実況《じっきょう》の新作上げられなくなるし、身バレも困るし」

本性《ほんしょう》を隠したい至にとって、千景は職場の同僚《どうりょう》というリスクの高い相手だ。

「だから、千景さん、寮にいづらかったんでしょうか」

「そりゃあ、距離も縮まらないだろ」

咲也と綴が納得したようにつぶやくと、至が首をかしげた。

「いや、でもそんな契約結ばなくても、あの人って最初からこうするつもりだった気がする」

「え？」

咲也がきょとんとした表情を浮かべると、至は自らの考えに確信を持ったように続ける。

「今まで一度も寮で寝てるところ見たことないし」

「ええ⁉」

「一度も？」

目を丸くする咲也に続いて、真澄も驚いて聞き返した。

「毎日早朝に寮に戻ってきて、朝ごはん食べて、出社してる。一回そこまでしなくても、部屋で過ごせばいいって言ったけど、それが都合がいいんだってさ。根本的に誰《だれ》かと生活できないっていうか、一緒に寝起《ねお》きできない人なんじゃない」

「じゃあなんで入寮《にゅうりょう》したネ？」

「そこなんだよなぁ」

シトロンのもっともな疑問に、至も深くうなずく。

「怪《あや》しい」

「入寮を申し出たのは、千景さんの方らしいしな」

真澄が眉《まゆ》をひそめると、綴もうなずいた。

「ごはんが目的だったとか……？」

咲也の言葉を聞いて、真澄の目つきが鋭くなる。

「アイツのカレーか……」

「いや、それはどうだろう」

いづみのこととなると文字通り目の色が変わる真澄に、至が冷静に突っ込む。

「やっぱり、後から入ったから、遠慮《えんりょ》してるんじゃないですかね？　本当はもっとオレたちと仲良くなりたいんじゃないでしょうか……！」

「それもどうかな～……」

「そういうタイプには見えない」

咲也の推測に対しては、至も真澄も否定的だった。

「遠慮は良くないネ！　チカゲとスクリュー深める作戦たてるヨ！」

「交流な」

「いいですね！」

シトロンの提案に、綴が淡々と突っ込み、咲也が大きくうなずいた。

「さっそく作戦会議するヨ！」

「まあ、やってみますか」

シトロンと咲也が意気揚々《いきようよう》と相談を始めると、綴たちも乗せられるようにしてそこに加わった。


休日の昼下がり。寮の一階の廊下《ろうか》の角に、こそこそと人目を避《さ》けるようにして春組メンバーが集まっていた。たまに他の団員たちが興味津々《きょうみしんしん》で覗《のぞ》きに来るのを制して、円陣《えんじん》を組む。

「仲良くなるには、やっぱりイタズラネ！　第一弾辛《かれ》ぇ〜！　作戦を決行するヨ！」

「辛ぇ〜作戦？」

にやっと笑って言い放ったシトロンに、咲也が聞き返す。

「綴隊員、説明よろしくダヨ」

「なんでも、伏見さんが言うには、千景さんはいつも自分のスパイスを持ち歩いていて、食事の時はそれをかけるのが習慣らしい」

「え!?　そうなんですか?」

「全然知らなかった」

咲也と至が驚いて目を見開く。

「目立たないように、こっそりやってるらしいからな。味付けを調節するか伏見さんが聞いたらしいけど、辛さがないとダメな性分なだけだから気にしないでくれって言われたそうだ」

「臣シェフの味付けがダメとか、有り得ん……」

至が信じられないといった様子でつぶやくと、周りも無言でうなずいた。臣の料理の腕は全団員が認めるところだっただけに、千景の辛党《からとう》は筋金入りといえる。

「監督のカレーにもスパイス山盛りかけてたらしい」

「アイツのカレーの味付け変えるとか、理解できない」

真澄のつぶやきには、誰も同意しなかった。

「カントクのカレーはただでさえ辛いのに、相当の辛口《からくち》ですね……」

味を想像したのか、咲也の顔が歪《ゆが》む。

「そんなチカゲをびっくりさせるような激辛《げきから》スパイスを混ぜるっていうのが、今回の作戦ダヨ！」

「なるほど……！」

「正直、千景さんがびっくりしたところなんて、今まで見たことないけどな」

「相当レアだわ」

綴と至が想像できないという風に首をかしげる。

「なんだかわくわくしますね！」

咲也がにこにこすると、シトロンがどこからか看板のようなものを出してきた。

「どっきり大成功パネルも用意したヨ！」

「無駄に芸が細かいっすね」

ＴＶ番組で使われていそうな看板を見て、綴があきれ気味に突っ込んだ。

その夜はいづみが食事当番で、メニューは当然のごとくカレーだった。大きく切ったチキンがごろごろ入ったバターチキンカレーと、好みでナンかターメリックライスを選べる。

いづみは焼き立てのナンとカレーを皿によそって、席に着いた。

「いただきまーす！」

「いただきます」

斜《なな》め前の席では千景が食べ始めるところだった。無言で脇《わき》に置いたスパイスの瓶を開けると、カレーに振りかける。

「入れた？」

カレーを食べながら、至がこそっと隣のシトロンに話しかけると、シトロンがにっこり笑ってうなずいた。

「バッチリダヨ！　ワタシの国の伝統的な激辛スパイス振りまいたヨ。激辛マニアが悶絶《もんぜつ》した後不思議とハマってしまう一品ネ。チカゲ、火を噴《ふ》いて喜ぶヨ！」

「しかも、あれにさらにスパイス振りかけてるからな……」

綴が口元を押さえながらつぶやく中、千景はまだスパイスを振りかけ続けている。

「いつまでかけるんだ」

真澄があきれた表情を浮かべたが、千景は手を振り続ける。

そしてゆうに数十秒は経《た》った頃、ようやくスパイスを置いて、スプーンを摑んだ。ゆっくりとカレーをすくって一口食べる。

「あ、食べましたよ！」

期待と不安が入り混じった様子で咲也が千景の様子をじっと見つめる。

千景は視線を気にもせずに、一口飲み込むと、二口、三口と淡々と食べ続けた。

「あれ？」

「全然反応しないヨ」

「おかしいな。皿間違えたとか？」

至に続いて、シトロンと綴が首をひねる。

「そんなはずないネ。チカゲのカレーだけ明らかに色が違ったヨ」

シトロンの言葉通り、いづみの皿のカレーが黄色なのに対して、千景のカレーは赤い。

その差に気づかないはずがないのだが、千景は黙々と食べ続けていた。

シトロンたちがじっと見守る中、千景は皿に残ったカレーの最後の一口をキレイに食べきると、スプーンを置いた。

「……ごちそうさまでした」

咲也が無言のまま、頭上に？マークを浮かべた時、千景が笑顔で咲也たちの方を見た。

「いい加減にしてくれるかな？」

「え!?」

「ワタシ日本語わからないネ～」

「ベタなごまかし方を……」

わかりやすく挙動不審《きょどうふしん》になる咲也とシトロンに至がぼそっと突っ込む。

「食事に何か混ぜられるのは好きじゃない」

千景の表情はいつも通りだったが、その口調にはわずかに刺《とげ》がある。

「あ、千景さん――！」

焦ったように咲也も追いかけようとするが、千景は何も言わずに出ていった。

「怒《おこ》らせちゃったな」

「作戦失敗か」

綴と至がバツの悪そうな表情を浮かべる。

「チカゲに謝《あやま》った方がいいネ。仲直りはアレで行くヨ！」

「まだ何かやるの」

まったく懲《こ》りていない様子のシトロンを見て、真澄がうんざりした顔をした。

翌日、午後の稽古のために稽古場をおとずれた千景は、ドアの前で一瞬動きを止めた。中の様子をうかがうように少し間《ま》を置いた後で、ドアを開ける。

「千景さん、来ました！」

咲也の言葉と同時に、稽古場のざわめきがぴたりと止まった。

「本当にやるの？」

「当然ダヨ！」

ためらいを見せる至にシトロンが力強く答える。

「ここまで来たらもう……」

覚悟《かくご》を決めたような綴の言葉を聞いて、千景が不思議そうな表情を浮かべた。

「ほら、みんな集まるネ！」

シトロンは突然甲高い声を出すと、両手で手招きをした。

「はーい」

「はい」

咲也と真澄がやけに幼いしぐさで駆け寄る。

「お父さんも、ほら！」

「わかってるよ」

綴は至の手を引いて、シトロンの隣に並んだ。

メンバーたちの様子を見て、千景が首をかしげる。

「お義父《とう》さん、本当にごめんなさいだわヨ」

「ごめんなさい、おじいちゃん！」

「ごめんなさーい」

「ごめんなさい」

シトロンに続いて、咲也、真澄、綴が頭を下げる。

「悪かったよ、親父《おやじ》。あんなに怒るとは思わなかったんだ」

至も決まり悪そうに謝るが、千景は状況が掴めない様子で面食らった表情を浮かべる。

「おじいちゃん……？」

「みんな、お義父さんに喜んでもらおうと思ってのことだったわヨ。ちょっとやりすぎだわネ」

シトロンの言葉を受けて、咲也と真澄が子供っぽいしぐさで、勢いよく何度もうなずく。

「僕、おじいちゃんともっと仲良くなりたかったんだ！」

「僕も」

「おじいちゃん、スパイスが好きだったし、びっくりするかと思ってさ。ほんのイタズラのつもりだったんだ」

「一緒に暮らし始めてから、まだ間もないだろ？　みんな、親父と仲良くなりたい一心だったんだよ。わかってくれ」

綴と至がそう説明すると、千景はようやく即興劇《そっきょうげき》をしていることに気づいた様子で、ああ、と声を漏らした。

「もしかして、ゆうべのこと？　いいよ、もう怒ってないから」

「本当ですか……？」

千景が穏やかに微笑むと、咲也が申し訳なさそうにたずねる。

「うん。それにしても、俺はなぜ祖父っていう役どころなのかな。そんな歳《とし》じゃないんだけど……せめて隣人《りんじん》のお兄さんとかにしてくれない？」

苦笑いを浮かべながら千景がそう告げると、綴が隣の真澄を肘《ひじ》で小突《こづ》いた。

「ほら、やっぱり祖父は無理あるだろ」

「母の浮気《うわき》相手の方が良かったか」

至の言葉を、真澄が首を振って否定する。

「それじゃダメ。同じ劇団にいる以上、アンタも家族だから」

「家族ってそんな……出会って間もないのに」

千景が意外そうな表情を浮かべた。あまり千景に興味を持っていないように見える真澄の口から、そんな言葉が出るとは思わなかったのだろう。

「確かにまだ出会ったばっかりで、今すぐには無理かもしれないですけど……でもオレたち、千景さんとも家族みたいに深いつながりを持ちたいと思っています。きっとそれがいいお芝居にもつながるはずです」

これまで何度も舞台の上でメンバーとの結び付きの力を感じてきた咲也が、確信をもって告げると、千景は一瞬言葉を失った。

「……そうだね。いつか、そうなれたらいいね」

気を取り直したように微笑むと、ささやくようにそう答えた。

稽古が終わった後、千景は暗い中庭に立っていた。月は分厚い雲に隠されて、室内から漏れる明かり以外頼《たよ》るものはなく、闇が深い。千景の顔から笑みは消えて、代わりに苛立《いらだ》ちのようなものが浮かんでいた。

千景の脳裏《のうり》には昼間の咲也の言葉がよみがえっていた。軽々しく家族という言葉を出されたことが、どうしても許せなかった。千景にとっての家族は、二人だけだ。

音もなく、ベンチに横になっていた密が起き上がった。無表情に千景を見た後、月を探すように頭上を見上げる。

「……能天気な奴《やつ》らだな。お前の家族とやらは」

苛立ちを隠そうともせずにぶつけるような口調だった。

密は何も答えずにじっと空を見ている。

「聞いてるのか」

千景の言葉に密は反応しようとしなかった。

「早く、お前の犯《おか》した罪のすべてを思い出せ。……手遅《ておく》れになる前にな」

千景の冷たい目が鈍《にぶ》く光る。それでも何も答えない密を見て、さっと身を翻《ひるがえ》して去っていった。

一人になった密がゆっくりと視線を落とし、自らの手を見つめた。

「……オレは、思い出すのだろうか。……オーガスト。眠るのが……怖《こわ》い」

密の瞼《まぶた》がゆっくりと閉じられた。

第4章　出られない部屋

十月十九日。

オレたちはアジア圏《けん》での任務を任された。

エイプリルは日本の商社に潜《もぐ》り込み、オレは某国《ぼうこく》の組織に二重《にじゆう》スパイとして潜り込み、日本での潜入《せんにゆう》活動を行うことになった。

オーガストはオレたちのバックアップ役だ。

「二人とも、ちゃんと日本語はマスターした？」

「……大丈夫《だいじようぶ》」

「かなり面倒《めんどう》だったけどな」

「漢字とひらがなとカタカナの違《ちが》いが難しいよね。名前はもう考えたの？」

「……まだ」

「俺も」

「そんなことだろうと思って、日本通《つう》の僕が二人にかっこいい名前を考えておいてあげたよ」

「かっこよくてどうするんだよ。目立たないようにしないとダメだろ」

「まあまあ。まず、ディセンバーはね——」

御影密《みかげひそか》……オーガストがつけてくれた偽名《ぎめい》は、不思議なほどしっくりくる気がした。何度も紙に綴《つづ》って、自分の体に馴染《なじ》ませる。

組織につけられたコードネームよりもよっぽど、自分の名前のように感じられた。

「今日は二人に日本文化に慣れてもらおうかと思って、これを持ってきたんだ」

「緑茶？」

「抹茶《まっちゃ》だよ。たまたまアジアンマーケットで見つけてね。お茶をたてる道具は昔、日本に行った時に買ってあったんだ」

「ふうん」

「苦《にが》……」

「このくらい、別に普通《ふつう》だろ」

「……もういらない」

「そうやって甘《あま》いものしか食べないから、いつまでたってもお前は甘ちゃんなんだよ」

「エイプリルは辛《から》いものばかり食べるから、そんな風に性格がねじ曲がって辛口《からくち》になっちやったんだね」

「なんだその理論は……」

「ぷっ……」

「笑うな、ディセンバー」


鮮血《せんけつ》が、目の前に飛び込んでくる。

「よく、聞いて……」

「しゃべったらダメだ！」

「おい、こっちだ！」

「――っ」

追手《おって》が来る。だめだ、薬を飲まなきゃ……。

ペンダントを引きちぎる手が震《ふる》える。

腕《うで》の中でオーガストが何か言ってる。

聞き返そうとした時、頭がぐらりと揺《ゆ》れた。

お風呂《ふろ》から上がったいづみは、飲み物を取りに談話室へ寄った。

キッチンに向かう途中《とちゅう》、テーブルの上にマシュマロの袋《ふくろ》が置いてあるのを見つけて、足を止める。

「あれ？　マシュマロが置きっぱなしだ。密さん、忘れちゃったのかな」

開封《かいふう》してあったが中身はまだ入っているらしく、こんもりと膨《ふく》らんでいる。

「おや、そのようだね。後で渡しておこう」

ソファに座《すわ》っていた誉《ほまれ》がいづみの方へ首を巡《めぐ》らせ、眉《まゆ》を上げた。

「密くんがマシュマロを忘れるなんて珍《めずら》しいね」

「今頃《いまごろ》どこかで行き倒《だお》れてるんじゃないか」

密にとってマシュマロは、なくてはならない存在だ。どこへ行くにも常に抱《かか》えて歩いているだけに、紬《つむぎ》にとっても丞《たすく》にとっても意外だった。

「最近、マシュマロの袋が置きっぱなしになっているのをよく見るよ」

「え？　そうなんですか？」

そういえば、と思いついたように東《あずま》が話すと、いづみが驚《おどろ》く。入団以来、密がマシュマロを手放すことなんてなかった。

不思議がっている面々を見つめながら、誉が考え込むように口を開く。

「どうも、密くんの様子が少しおかしいんだよ。以前よりもマシュマロの消費量が少ないし、所かまわず眠《ねむ》らなくなった」

「確かに、床《ゆか》で寝《ね》てる姿を見ないいな」

丞も気づかわしげに顎《あご》を撫《な》でる。

「どうしたんでしょう……」

「ちょっと注意して見ておいた方がいいかもしれないですね」

いづみも不安そうに表情を曇《くも》らせると、紬が真剣《しんけん》な表情で続けた。

「誉が適任かな」

東が誉を見ると、誉は心得ているとばかりにうなずく。

「うむ。ずっと同室で暮らしていたからね。密くんのことは任せてくれたまえ。第二回公演の時の密くんのお節介《せっかい》を、倍返しにする時が来たかもしれない」

「仕返しでもするみたいだね」

「ほどほどにしとけよ」

誉の独特の言い回しを聞いて、東と丞が苦笑いを浮かべる。

談話室の隅《すみ》では、そんな冬組《ふゆぐみ》メンバーの会話を千景《ちかげ》がじっと聞いていた。無表情のまま、誰《だれ》にも気づかれないように音もなく談話室を出ていく。

千景が寮《りよう》の玄関《げんかん》を出ようとした時、ちょうど近づいてくる足音がした。

「あ、千景さん、どこか行くんですか？」

千景の姿を認めた咲也《さくや》が、声をかける。

「ちょっとね」

「今日は戻《もど》ってきますよね？」

あいまいにごまかす千景に、咲也が問いかける。

「うん。コンビニに行くだけだから」

「そうですか。気を付けてくださいね」

ほっとしたような咲也に笑顔《えがお》で軽く手を振《ふ》ると、千景は寮を出ていった。


一時間後、千景がいたのは雑居ビルの一室だった。打ちっぱなしのコンクリートの壁《かべ》に囲まれた無機質な部屋は、簡素なソファとデスクが置かれているだけで殺風景だ。

デスクに向かっていた千景は、カタカタと軽い音を立ててノートパソコンのキーボードを打った。

エンターキーを押して間もなく、画面にウィンドウが浮かび上がる。文書のタイトルには調査報告書と書かれていた。

「……立ち上げは二十七年前、主宰《しゅさい》は立花幸夫《たちばなゆきお》？　あの監督《かんとく》の父親か。人気と実力を兼《か》ね備《そな》え、フルール賞にノミネートされるも、九年前に主宰の立花幸夫が失踪《しっそう》、衰退《すいたい》の一途《いっと》をたどる……。かつての劇団の離散《りさん》の原因は主宰の失踪、か……だとすれば、精神的支柱《しちゅう》である『監督』を失えば、また……」

千景の眼鏡《めがね》がディスプレイのライトに照らされて鈍《にぶ》く光った。

ややあって、千景が再びキーボードをタイプする。

「明日の劇団員たちの予定は……」

現れた表を眺《なが》めながら、千景は眼鏡を押し上げた。

「そろそろ頃合《ころあい》か」

つぶやく声は、暗い影《かげ》に満ちていた。

天気のいい休日の天鵞絨《びろうど》駅周辺は、人でごった返していた。観劇客はもちろん、買い物客も多く行《い》き交《か》っている。

そんな中、いづみは千景と二人でビロード商店街の方へと歩いていた。

会話は途切《とぎ》れがちで、いづみはちらちらと戸惑《とまど》いがちな視線を千景に送る。

「珍しいですね。千景さんが私を誘《さそ》うなんて……」

「たまには監督さんと親交を深めようと思ってね」

千景はにこやかに答えると、紳士的《しんしてき》な仕草でいづみを歩道側へと導いた。

(しかも、いつもみたいに態度が冷たくない。急にどうしたんだろう)

別の一面を知るいづみには、この変化が喜ばしいというより、うさん臭《くさ》いと感じてしまう。

「そんなに怪《あや》しまないでほしいな。スパイスのお店だから、監督さんも興味があるかと思っただけなんだけど」

「え？　スパイスのお店？」

苦笑《くしょう》交じりの言葉を聞いて、いづみの顔がわかりやすく、ぱっと輝《かがや》く。

「そう。カレー好きの監督さんくらいしか喜ばないだろ」

「それは、そうですけど……」

いづみは手放しに喜んでいいのか判断できず、複雑な表情でうなずいた。

(女嫌《おんなぎら》いなのに、二人っきりで出かけるのは平気なのかな)

いづみは近づきすぎないよう距離感《きょりかん》に気を付けながら、千景についていった。


千景の話していた店は商店街の中ほどにあった。

客が数人入ったらいっぱいになってしまうような狭《せま》いスペースに、所狭しとスパイスの瓶《びん》が並べられている。世界中から集められたというスパイスは品ぞろえが豊富で、店内には独特な香辛料《こうしんりょう》の匂《にお》いが充満《じゅうまん》していた。

カレー好きが高じてスパイスマニアでもあるいづみは、小一時間ほどあれこれ悩《なや》みながらスパイスを大量に買い込んで店を出た。

「すごい品ぞろえでしたね！　目移りしちゃって、買いすぎちゃいました」

高揚《こうよう》した表情で瓶の入った紙袋を抱えるいづみを、千景が笑顔で見つめる。

「良かったね」

「千景さんは何も買わなくて良かったんですか？」

手ぶらの千景を見て、いづみが首をかしげる。

「ああ。ほとんど持ってるものばかりだから。次は、雑貨屋に寄ってもいいかな」

「あ、はい」

すたすたと歩き始める千景を、いづみは慌《あわ》てて追った。

その時、スパイスの店から二軒離《にけんはな》れた手芸店から、椋《むく》と幸《ゆき》が出てきた。

「……あれ？　今の、カントクさんと千景さんだよね？」

千景といづみが消えていった方向を見ながら、椋が幸にたずねる。

「珍しい組み合わせ」

「も、もしかして二人でデートとか⁉」

「まさか。カレー星人もそこまで趣味《しゅみ》悪くないだろ」

椋が頬《ほお》を染めると、幸が大げさに顔を顰《しか》めた。


雑貨店に入った千景は、店内をざっと見た後、すぐに店を出た。

「それじゃ、次に行こうか」

「もういいんですか？」

ここでも何も買わなかった千景に、いづみがたずねる。

「十分見たから」

（そのわりに、さーっと店内を通り過ぎただけのようにも見えたけど……）

千景の行動に違和感《いわかん》を覚えたものの、それ以上詮索《せんさく》することなく、いづみは千景の後を追った。

「カントク発見ダヨ！」

数メートル離れたところから、シトロンの声があがった。

「え？　どこ？」

シトロンの隣《となり》を歩いていた至がきょろきょろと辺りを見回すと、シトロンが遠ざかっていく二人の背中を指差す。

「本当だ。あの組み合わせは結構レアだな」

「なんだか怪しい臭《にお》いがするネ！　マスミに通報するヨ！」

からかいのネタができたとばかりに楽しげなシトロンに対して、至は怪訝《けげん》そうに眉をひそめた。

「ここはこのくらいでいいかな」

雑貨店の次に寄ったのは輸入食品の店だった。同じように店内を一回りすると、すぐに店を出てしまう。滞在《たいざい》時間はせいぜい五分程度だ。

「はあ……」

（本当に興味があるのかな……）

いづみは腑《ふ》に落ちないながらも、千景に従って店を出た。

「次は洋服を見たいんだけど」

「え？　まだ行くんですか？」

思わず素《す》っ頓狂《とんきょう》な声を出してしまったいづみに、千景は悪びれもせずに微笑《ほほえ》む。

「悪いね」

「いえ……」

いづみは人と買い物に行くのも、人の買い物に付き合うのも嫌《きら》いな方ではない。ただ、千景の場合は買い物する気が本当にあるのかどうかすら怪しく、目的がわからないのが辛《つら》かった。

（なんだか、あちこち連れまわすのが目的のような……もしかして新手《あらて》の嫌《いや》がらせ……？）

思わずそんな邪推《じゃすい》をしてしまいながらも、いづみは相変わらず長い脚《あし》でさっさと歩いていってしまう千景の隣に並んだ。

その背中を、ガラの悪い金髪《きんぱつ》の男が指差した。

「アニキ！　監督の姐《あね》さんがいるっす！」

左京《さきょう》をアニキと呼ぶのは、舎弟《しゃてい》である迫田《さこだ》だ。

「ん？」

首を巡らせた左京が、いづみと千景の姿をとらえて、目をすがめる。

「あの男、締《し》めてきやすか」

すかさずファイティングポーズをとった迫田の頭を、左京が軽く押さえる。

「馬鹿野郎《ばかやろう》。春組の新しい団員だ」

「え!?　そうなんすか!?　なーんだ、てっきり姐さんのコレかと」

左京は迫田の明け透《あす》けな言葉には反応せず、ただじっと二人の背中を見つめていた。

四軒目の店も、滞在時間はそれまでと変わらず短かった。服を手に取ることもなく、ただ店内を通り過ぎる。

「行こう」

いづみはもう問いかけるのもやめて、千景の後について店を出た。

「次は、食器が見たいな」

「……わかりました」

(今日はとことん付き合おう……)

千景の真意は相変わらずわからないが、もしかしたら千景の買い物はいつもこうなのかもしれないという思いもあって、いづみは淡々《たんたん》と千景についていく。

いづみたちが歩き始めた時、ちょうど向かいの本屋から一成《かずなり》が出てきた。

「あれ？　カントクちゃんとチカちょん？」

ぱっと顔を輝かせると、大きく手を振る。

「おーい――」

その瞬間《しゅんかん》、千景がさっといづみを抱《だ》き寄せた。

「危ない、車が来てるよ」

千景の体に覆《おお》われて、いづみには道路の様子は見えなかったが、音で車が通り過ぎたのがわかる。

密着した体はなかなか離れず、いづみの頭が混乱する。

(と、突然《とつぜん》何？　こんなに密着する必要はないような気がするんだけど……)

そう思っていると、頭上から千景のため息が落ちてきた。

「……はあ。このくらいでいいだろ」

そんな声と共に軽く突《つ》き放《はな》される。

（しかも突き放すとか……）

怒《おこ》るよりも戸惑いが大きく、千景が何を考えているのかさっぱりわからない。

そんな二人の様子を、道路の向かい側から一成が見ていた。

「……なんか邪魔《じゃま》しちゃいけない感じ？」

バツの悪そうな表情で一成は手を下ろした。


商店街を通り過ぎて天鵞絨駅へ戻ってくると、いづみはさっきから黙《だま》ったままの千景の顔を見上げた。

「あの、これからどうするんですか？」

「もう帰る」

千景はいづみの方を見ることもなく、素《そ》っ気《け》なく告げる。

（散々《さんざん》振《ふ》り回《まわ》された挙句、態度が戻ってる……！）

すっかり笑顔が消え去った千景をまじまじと見つめてしまう。

そんないづみの心中《しんちゅう》を知ってか知らずか、千景は相変わらず無表情で歩き続けている。

（なんだかわからないけど、疲《つか》れたな。ごはんも食べないで歩き回ってたし……）

いづみは思わずため息をついた。朝から出歩いて、時刻はすでに十三時を回っている。

「ん？」

ふと、いづみの視界の端《はし》にカレー屋の看板が映った。

（あのカレー屋……結構辛く調整できるし、千景さんも気に入るかも！）

「千景さん、最後にあの店付き合ってください！」

有無《うむ》を言わせぬ口調で、いづみがカレー屋を指差す。

「え？」

「おすすめなので！」

「いや、俺は――」

「行きましょう！」

断ろうとする千景にさらに言《い》い募《つの》ると、千景は少し考えた後、カレー屋の方へと足を向けた。

いつも混んでいる店内は、ランチのピークを過ぎたこともあって空《す》いていた。奥《おく》の席に座ったいづみは、うきうきとメニューを眺める。

「ご注文は何になさいますか？」

「私はチキンカレーセットで」

「俺はマトンカレーをゲキカラトッピングで」

店員にいづみがいつも頼《たの》んでいるものを注文すると、千景は当然のように店で一番辛いトッピングを選ぶ。

「かしこまりました」

店員が去ると、いづみが立ち上がった。

「ちょっとお手洗い行ってきますね」

「どうぞ」

千景に断って、席を外す。

いづみが戻ると、テーブルにはすでにカレーが並んでいた。お客がいない分、出来上がるのが速かったのだろう。

（あ、もうカレー来てたんだ）

いづみがいそいそと席に着くと、千景がスプーンを握《にぎ》ってカレーをすくった。

そのまま食べるのかと思いきや、スプーンですくったその様子をスマホで写真に撮《と》っている。

（千景さん、写真撮ってる……というか、あの特徴的《とくちょうてき》な写真の撮り方……）

以前、シトロンに教えてもらったレビューブログで見た写真とまったく同じアングルだった。

「もしかして、千景さんって、ちかウサさんですか⁉」

いづみが勢《いきお》い込んでたずねると、千景の眉が一瞬《いっしゅん》ぴくりと動く。

「誰それ？」

千景がそう聞き返すも、いづみの中でちかウサ＝千景というのは確信《かくしん》に変わっていた。

「今、写真撮ってましたよね。その、スプーンで一杯《いっぱい》すくった瞬間の写真、ちかウサさんの特徴なんです！」

「別に、ただなんとなく撮っただけで……」

「なんとなくでそんな面倒くさいことしませんよ！」

いづみが断言すると、千景も口をつぐんでしまう。

「すごい！　まさか、あのちかウサさんが目の前にいるなんて……ブログ全記事読みました！　駅前のナンのおいしいカレー屋も行きました。感想がいちいち共感できるから、本当友達になりたくて……！」

ヒマな時間に記事を読み始めたら止まらなくなり、結局徹夜《てつや》で読破してしまった。今ではすっかりちかウサファンだ。

いづみは思いがけない偶然《ぐうぜん》に興奮しきって、思いのたけをぶつけた。

「……監督さんのそのカレーに対する執着《しゅうちゃく》はなんなんだ」

ごまかすのを諦《あきら》めたらしい千景が、あきれた表情で言い放つ。

「もはやライフワークです！」

いづみは自信満々で言いきった。

「……なるほど。まあ、わかる気はする」

同じカレー好きとしては通じるものがあるのか、千景が同意する。

「ですよね！　最近近所にできたカレー屋は行きました？」

「ああ、あの中華《ちゅうか》とカレーを混合した店か。どっちつかずで何がしたいのかわからない」

最近できたというだけの情報で通じてしまうのが、さすがカレー好きというところだろう。いづみがうれしそうにうなずく。

「おいしいんですけどね～。メニューを見ても、カレーなんだか中華なんだかわからないのが困ります」

「監督さんはカレー好きを公言する割には、なんでもありなんだ。さすが変わり者の劇団員を集めるだけあるね」

（自分もそこに含《ふく》まれてるんだけど……）

そう思い至った途端《とたん》、噴《ふ》き出《だ》してしまった。

「……あはは。千景さん、きっと辛い物ばっか食べてるから、そんな風に性格がねじ曲がって辛口になっちゃったんですね」

いつになく気安い雰囲気《ふんいき》に乗せられて、つい軽口を叩《たた》くと、千景の表情が固まった。

何かを思い出すかのように目を細める千景を、いづみは不思議に思ってまじまじと見つめる。

「オーガスト……」

千景がどこか遠くを見るような目つきで、小さくつぶやいた。

(オーガスト……？　どこかで聞いたような……)

引《ひ》っ掛《か》かりを感じたものの、その原因に思い至る前に、千景が気を取り直したように口元を歪《ゆが》めた。

「その理論で言うと、血液がカレーでできてる監督さんも相当性格がねじ曲がってることになるな」

「う……」

ぐうの音《ね》も出なかった。

(千景さんには口で勝てそうにないな……)

いづみはあっさり白旗を掲《かか》げると、目の前のカレーを食べることに集中した。

「はあ、口の中が辛い。お水、お水……」

いづみは水差しから自分のコップに水を注ぐと、千景の方に向けた。

「千景さんもいります？」

「いや、まだ残ってるから」

「そうですか？」

千景のコップをちらりと見ながら、水差しを置く。

（そういえば、全然減ってないな。あんなゲキカラなカレー食べてるのに、すごい）

いづみはそんなことを思いながら、コップの水を飲み干した。

「……ふう」

冷たい水がヒリヒリする舌と喉《のど》を潤《うるお》してくれる。その心地《ここち》良さに一息ついた時、めまいのような頭が揺れる感覚がした。

（あれ……？　なんだろう、急にものすごい眠気《ねむけ》が……頭がぐらぐらする）

瞼《まぶた》が急激に重たくなって、意識を保っていられない。

「どうかした？」

「すみません、なんか――」

千景に説明しようとしても、うまく頭が働かずに言葉が出ない。

（目が開かないし、口も回らない……こんなところで寝ちゃダメなのに……）

いづみは襲《おそ》い掛《か》かる睡魔《すいま》に抗《あらが》えず、気絶するように意識を手放した。

テーブルに突《つ》っ伏《ぷ》し、寝息《ねいき》を立て始めるいづみの姿を、千景が無表情のままじっと見つめる。

そして、通りかかった店員を呼び止めた。

「すみません」

「はい？」

「彼女、気分が悪くなってしまったみたいで、タクシー呼んでもらえますか？」

（千景さんの声が、すごく遠くから聞こえる……）

いづみは薄《うす》れていく意識の中で、千景の声を聞いた。


会計を済ませた千景は、いづみを支えながら店の前に停《と》まったタクシーに乗り込んだ。

運転手に目的地を告げ、シートにもたれる。

「相手に何か混ぜさせる隙《すき》を作っちゃダメだよ、監督さん」

傍《かたわ》らで眠り続けているいづみに、千景は小さくつぶやいた。

「……ん？」

いづみが目を覚ますと、見知らぬ部屋のソファの上だった。

「ここは……」

体を起こすと、デスクに向かっている男の背中が見える。

「千景さん……？」

いづみの声で、千景が振り返る。

「ああ、起きた？」

「あの、すみません。私、カレー屋さんで眠ってしまったみたいで……」

いづみが申し訳なさそうに謝《あやま》ると、千景が低く笑った。

「状況《じょうきょう》がわかってないみたいだな」

「え？」

「キミは眠ってしまったんじゃない。眠らされたんだ。そして今、軟禁《なんきん》されている」

「軟禁⁉」

驚いて聞き返す。

「特に拘束《こうそく》したりはしないけど、基本的に常に監視《かんし》してるし、この部屋は特殊《とくしゅ》な作りになってるから、逃げようとしても無駄《むだ》だよ」

「え、でも、どうして……」

「ちょっと事情があってね」

千景のあいまいな答えに、いづみの頭が混乱する。

「そんな……困ります。もうすぐ春組《はるぐみ》の公演もあるから稽古《けいこ》に行かないと」

「稽古は俺もキミも欠席ということになるな。ここから出られないし」

いとも簡単に答える千景のことが、いづみには信じられなかった。

「出られないって、千景さんも仕事があるんじゃ……？」

「長期の海外出張ってことにしてある」

用意周到《しゅうとう》さに愕然《がくぜん》とする。

「してある、って――。いつになったら解放してもらえるんですか？」

「それはＭＡＮＫＡＩカンパニー次第《しだい》かな。劇団が潰《つぶ》れ次第、解放してあげるよ」

「は？」

「ちなみに監督さんは俺の海外出張についていってるってみんなにＬＩＭＥで連絡しとい

たから」

「ええ!?」

「駆《か》け落《お》ちでもしたと思われてるんじゃない？」

あまりのことに、何を言われているのか理解できない。

「いやいやそんな……冗談《じょうだん》とかイタズラですよね？」

いづみの問いかけに、千景は表情を変えず、何も答えなかった。

「どうして劇団を潰そうとなんてするんですか？」

千景はいづみに背を向けてデスクに向き直ると、ＰＣを操作し始めた。

「千景さん！」

いづみが呼びかけても、振り返ろうともしない。

（ダメだ。まともに取り合う気なしだ。まさか、本気で劇団を潰す気なの……？）

ようやく状況を理解して、頭が冷える。

（春組の公演どうしよう……総監督《そうかんとく》と主演がいなかったら、公演なんて……稽古はなんとか雄三《ゆうぞう》さんに頼むとしても、主演は代役をたてる？　でも、今から間に合うかどうか……）

この状況を打開する方法を、あれこれ考え始める。わけもわからないまま千景から連絡を受けた春組メンバーのことを思うと、胸が痛かった。

（芝居《しばい》経験の長い天馬《てんま》くんや丞さんなら、なんとかできるかな。三角《みすみ》くんも芝居に関しては天才的だし、頼《たよ》りになるかも。それか、どんな役でもこなせる密さん……は、最近様子がおかしいって言ってたな。大丈夫かな……）

と、そこで以前密がつぶやいた言葉が脳裏《のうり》によみがえってきた。

『オーガスト……ごめんなさい』

千景の言葉を聞いた時の違和感の正体に気づく。

（そうだ、『オーガスト』って、密さんが前に……）

いづみはごくりとつばを飲み込むと、千景の背中に声をかけた。

「……千景さん、もしかして密さんの過去について何か知ってるんですか」

キーボードをタイプしていた千景の手が、ぴたりと止まる。

「劇団を潰そうとしてるのも、もしかしてそのことが関係してるんですか？」

何も答えない千景の態度に焦《じ》れる。

「教えてください、千景さん！」

いづみが言い募ると、千景がようやく口を開いた。

「……まあいいか。監督さんはもうあいつに会うこともないだろうし」

そして、ゆっくりと振り返る。その表情は憎《にく》しみに満ちていた。

「……あいつはかつて、俺と同じ組織に所属していた。それなのに、あいつは組織を裏切り、今ここで一般人《いっぱんじん》としてのうのうと暮らしている。俺はそれが許せない」

「裏切ってなんて――密さんは記憶《きおく》がないんです」

「そんなもの、言い訳に過ぎない。俺は、あいつに復讐《ふくしゅう》するためだけに、MANKAIカンパニーに入ったんだ」

「復讐……？」

「あいつのせいで、俺は……唯一無二《ゆいいつむに》の家族を失った」

吐《は》き捨《す》てるように告げた千景の声には、深い悲しみが混じっていた。

そこで、いづみは改めて密の言葉を思い返す。

密はオーガストという人物に謝っていた。千景の言葉が事実だとすれば、千景が失った家族というのは、オーガストに違いない。

いづみは考え込むように視線を落とした。


普段《ふだん》なら、団員たちがのんびりと過ごす休日の朝、MANKAI寮は騒然《そうぜん》としていた。

千景といづみが二人でいなくなったという連絡はすぐさま共有され、驚いた団員たちが談話室に集まってくる。

「一体どういうことなんだよ」

「昨日、あのエリートクソメガネと監督が歩いてるところ見た」

苛立《いらだ》ったような天馬に、幸が淡々と告げる。口調は冷静だったが、その表情は複雑だった。

「なんだか仲良さそうに見えたけど、でも、まさか二人で海外に行っちゃうなんて……」

普段なら恋《こい》バナには目がない椋も、あまりに急な話に心配そうに顔を曇らせる。と、一成が手を挙げた。

「オレも見ちゃった！　結構密着してたけど、チカちょんってそういうの誰にでもするキャラじゃないよね」

「もしかして、カレー好きと辛いもの好きっていうところから意気投合して、恋が芽生《めば》えちゃったのかな……それで、海外出張のついでに海外挙式の準備まで進めようと思ってるとか……今頃式場やドレスを見てたりして……」

「結婚《けっこん》!?」

想像を膨らませる椋の言葉を聞いて、天馬が目を丸くする。

「……許さない……」

「椋、妄想《もうそう》しすぎ」

剣呑《けんのん》な目つきになる真澄《ますみ》を見て、幸はあきれたようにため息をついた。

「至さんは千景さんから、何か聞いてました？」

綴《つづる》の質問に、至は腑に落ちない表情で首を横に振る。

「いや、何も。一応会社の奴《やつ》にも確認したけど、今回の出張は急きょ決まったらしい。ただ、その詳《くわ》しい内容については、どうもはっきりしないんだよな」

「これは、カミカミしネ！」

「もしかして神隠《かみかく》し？」

こんな時でもいつもと変わらないシトロンの言い間違いを、綴が律儀《りちぎ》に訂正《ていせい》する。

「この監督のＬＩＭＥ、ちょっとおかしいよね。春組の公演について何も書かれてないし、監督らしくない。とはいえ、仲が良さそうだったのは事実だけど」

幸が怪訝そうにいづみからのメッセージを見直すと、真澄も真剣な表情でうなずいた。

「アイツは舞台《ぶたい》を投げ出したりしない……俺以外の奴と仲良くしたりもしない」

「後半はともかく、前半は同意だな」

「カントクさんは舞台大好き！」

万里《ばんり》に続き、三角も同意する。

「そうだよな。あの演劇バカが公演を投げ出すとは考えにくい」

「何か事情があったんじゃないか」

「俺もそう思う」

天馬や丞や臣《おみ》も、心配げに眉をひそめた。

「にしても、何も書かないってところがおかしいよな」

「何かの事件に巻き込まれたとか!?」

万里の言葉を聞いて、太一《たいち》が悲鳴をあげる。

「二人一緒《いっしょ》に事件に巻き込まれるっていうのは、考えにくいんじゃないかな」

東が首をかしげる横で、じっと腕を組んで黙っていた左京が体を起こした。

「……ともかく、ここで話し合うべきなのは、春組の公演をどうするかってことだ」

左京の声で、談話室が一瞬しんと静まり返る。

「カントクも主役もいないんじゃ稽古が……」

「ってことは、中止？」

不安そうな咲也に続いて、綴も神妙《しんみょう》な面持《おもも》ちでつぶやく。

「主役交代でワンチャン」

至が提案すると、左京が眼鏡を押し上げた。

「今から間に合うのか？」

「間に合わせるしかないヨ！」

シトロンが明るく声をあげるも、咲也は迷うように口を開いた。

「でも、こんな状態で公演なんてやるべきなんでしょうか。新しい春組が揃《そろ》った状態じゃなきゃ意味がないと思います」

「ただ、告知もチケット販売もしてる中で中止にした場合、楽しみにしてるファンを裏切ることになる。今前売り買ってくれてるのは、春組のファンだからな」

丞が冷静な意見を出すと、咲也もそれ以上何も言えなくなる。

「いっそ夏組《なつぐみ》の公演を先にやるとか？」

「それこそリスクが大きいだろ」

一成の意見には、天馬が首を横に振った。

全員が考え込むように沈黙《ちんもく》が落ちた時、談話室の隅から小さな声があがった。

「……待ちましょう」

「ん？」

消え入りそうな声を聞きとれなかったのか、天馬が聞き返す。

「待ちましょう！」

今度は談話室の外まで聞こえそうな大声で、支配人が叫《さけ》んだ。

「なんだ、松川《まつかわ》。急にでかい声出して」

「待ちましょう！　待つべきです！　こういう時は何が何でもどうにかこうにか石の上にも三年、待つしかないんです！」

眉をひそめた左京に、支配人は勢い込んだように同じ言葉を繰《く》り返《かえ》す。

「根拠《こんきょ》がまったくないのに、妙《みょう》に説得力がある……」

綴がつぶやくほどに、支配人の熱意だけは周囲に伝わっていた。

「……幸夫さんがいなくなった時も、こんな感じだったんです」

ふと、支配人が視線を落としたかと思うと、ぽつりとつぶやく。

「何も事情を話さないで、忽然《こつぜん》と消えてしまいました。あの時も、次の公演を控《ひか》えていて、みんながうろたえて、色々どうするか話し合ったんです。意見は割れて劇団の中に亀裂《きれつ》が生まれ、リーダーシップをとれる人はおらず、次の公演は散々《さんざん》な結果になりました。一度生まれた溝《みぞ》が埋《う》まることはなく、劇団への酷評《こくひょう》がそれに追い打ちをかけて、一人、また一人と退団していきました。その後は、坂を転がり落ちるように劇団員の数が減り、公演もできなくなり……劇団は一度終わってしまいました」

ただ一人、劇団に残った支配人が、とつとつと語る。その声は悲しみに満ちていた。

「つまり、このままだと二の舞《にのまい》ってことか……？」

天馬の問いかけに、支配人が小さく首を横に振る。

「私は、もう二度とこの劇団がバラバラになるところを見たくありません。今は、信じて待ちましょう。春組は公演初日まで、今まで通り稽古を続けるべきです」

いつになくしっかりとした口調で言《い》い募《つの》る支配人を、左京がじっと見つめる。

「それで二人が戻ってこなかったらどうする。全部手配が済んだ段階で中止にした場合、損害は大きいぞ。下手《へた》すりゃまた借金生活だ」

「そんな自転車操業!?」

綴が思わず突っ込んだ時、支配人が自らの胸を叩いた。

「――支配人である私が、全責任を、全借金を負います！」

「おお……！」

「いつになく男気《おとこぎ》のある発言を……」

太一と綴が感心していると、左京があきれたように鼻を鳴らす。

「お前のどこにそんな甲斐性《かいしょう》があるんだ」

「いざとなれば、この劇場とこの亀吉《かめきち》を担保に――！」

つかせる。

劇団のマスコットでもあるオウムの亀吉がどこからか飛んできて、バタバタと羽をばたつかせる。

「どっちもお前の所有物じゃないだろ。ついでに亀吉なんて一円にもならねぇ」

左京が言い放つと、亀吉は憤慨《ふんがい》したように左京の頭上を飛び回った。

「バカにするナヨ！　オレは、一晩で百米《ひやっこめ》かせぐ男ダゼ！」

「鳥の通貨は米なのか……」

綴が感心していると、左京は一つ息をついた。

「まあいい。言うじゃねえか、松川。わかった。もしもの時は、俺がどうにかしてやる」

「さすがッス！」

以前一千万円の大金を劇団に貸した男の言葉だけに、太一が顔を輝《かがや》かせる。

「どうにかして、お前ら全員を馬車馬《ばしやうま》のように働かせる借金返済計画を考えてやる」

「そっちかよ！」

眼鏡を光らせる左京に、万里がすかさず突っ込んだ。

「上等っす」

「う、うう、がんばるッス！」

「なんでダヨ！」

一方、十座《じゅうざ》と太一は借金を覚悟《かくご》したように拳《こぶし》を握《にぎ》り締《し》める。

「待つ……アイツを一番信じてるのは俺」

「決まりだな」

真澄と綴も迷いのない表情でうなずいた。

「二人が戻ってきた時、完璧《かんぺき》な舞台ができるように稽古を続けましょう！」

「エイエイオーダヨ！」

咲也とシトロンの表情もさっきより明るい。

「主演の代役は、他の組から交代で人を出そう」

「夏組からはオレが出る」

紬の言葉に、天馬が続いた。

「こういう時は、役に立つよね」

「こういう時は、ってなんだ！」

天馬は幸に突っ込みながらも、芝居に関して天賦《てんぷ》の才を持つ三角の方を向く。

「三角、お前もだ」

「はいはーい！」

紬は丞の方へと視線をやった。

「丞も出られるよね。代役の経験あるし」

「さっさと台本準備するぞ」

「稽古は雄三さんに見てもらったらいいんじゃないかね」

「早急《さっきゅう》に連絡を取って、スケジュールを確認します！」

誉の言葉を受けて、支配人がわたわたと携帯を取り出した。

「あのおっさんが出られないところは、他の劇団員が見るしかねぇな」

「みなさん、よろしくお願いします！」

左京が告げると、咲也は他の団員たちに向かって勢いよく頭を下げた。


軟禁生活が始まってから二日目。いづみは暇《ひま》を持て余して、ソファの上で膝《ひざ》を抱えた。

（みんなどうしてるかな。連絡が取れればいいんだけど……連絡手段は取り上げられてるし、ここがどこかもわからない）

窓からの光で天気や時間はある程度推測できるが、外の景色はまったく見えない。

（でも、食事もお風呂も着替《きが》えも問題なく与《あた》えられてるし、何不自由ない暮らしはさせて

もらってるんだよね。むしろ、三食カレー……これはありがたい）

テイクアウトから手作りまでバリエーション豊かなカレーメニューを出してくる辺り、いづみのツボを心得ているとしか思えない。

（とはいえ、このまま劇団が潰れるのを待つわけにはいかないし……）

いづみは思案《しあん》げにデスクの前に座る千景の方へと視線を向けた。

いづみが起きている時は、千景はずっとパソコンに向かって何か作業をしている。一つしかないベッドはいづみが使っているので、千景がいつどこで寝ているのか、いづみにはわからなかった。

「千景さん、いつもPCで何してるんですか？」

いづみが話しかけるも、千景は一切《いっさい》反応しない。

「少し体を動かさないと、なまっちゃいますよ」

一向に返事をしない千景の背中を見つめながら、いづみはため息をつく。

（ダメか……世間話にすら反応してくれない。千景さんは公演のこと、全然気にならないのかな。あんなに稽古したのに……また芝居がしたいって、全然思わないのかな……）

いづみの方は一日稽古がないだけで、なんとなくそわそわしてしまう。

『あなた様はどなた様ですか？』

無意識に、リックのセリフを口ずさんでいた。

考えてみれば、稽古はどこでもできる。いづみはそう思い至って、千景に声をかけた。

「千景さん、私がオズ以外の役をやるので、一緒に稽古しませんか」

いづみの誘いにも、千景は無言のままだ。

（やっぱり、劇団に入ったのはあくまでも復讐のためで、芝居に興味なんて全然ないのかな……）

いづみは暗い表情になりながらも、普段の芝居の様子を頭に思い浮かべた。

『オズ様……大魔法使《だいまほうつか》いオズ様！』

（ここの咲也くん、すごくいい表情をしてたな。もともと感情が豊かだけど、表現がすごく上手になった）

『北の魔法使いよ。私の名前は大魔法使いオズ』

『オズ？　新しい魔法使いかな？　初めまして』

『住人に頼まれて東と西の魔法使いを倒す旅に出た。ぜひ助力を頼みたい』

『なんと、勇敢《ゆうかん》な。私も微力《びりょく》ながら助太刀《すけだち》しよう。手を出したまえ』

千景とシトロンの芝居をなぞるように、動きをつける。とはいえ、根っからの大根で役者を諦めたいづみの芝居は二人のそれには遠く及《およ》ばない。

それでも、いづみはメンバーと一緒に稽古をしているような気持ちになれて、楽しくなってきた。

(シトロンくんも準主役をこなしたことで、セリフ回しが劇的にうまくなった。私生活の言葉が変わらないのは謎《なぞ》だけど……)

『南の魔法使いよ。私の名前は大魔法使いオズ』

『俺に何か用?』

『東と西の魔法使いを倒す旅に出ている。助力を頼みたい』

『俺には関係ない話だ』

素っ気ない南の魔法使いは真澄にぴったりのはまり役だ。

(真澄くんは、役者としてどんどん味が出てくるようになったな)

『東の魔法使いよ。私の名前はオズ』

『なんだお前』

『最近中央の街に住み着いた者だ。貴殿《きでん》に忠告があってやってきた』

『西の魔法使いがあやしい動きをしている。どうも東の魔法使いの土地を奪《うば》おうとしているようだ』

『まさか。あいつが俺を裏切るはずがない』

綴が演じる東の魔法使いは、用心深いが故《ゆえ》に疑心暗鬼《ぎしんあんき》に陥《おちい》ってしまうという、情けないが愛嬌《あいきょう》のあるキャラクターとなっている。

(綴くんは脚本《きゃくほん》だけじゃなくて、演技も上達して、両方に相乗効果が生まれるようになった)

『何?』

『西の魔法使いよ。私の名前はオズ。東の魔法使いがここに攻《せ》めてくる気配がある』

『……たしかに、守りを固めてるみたいだな』

『わかるのか?』

『俺の目は片方しかないが、その分どこでも見ることができる』

一筋縄《ひとすじなわ》ではいかない西の魔法使いは、至が魅力《みりょく》のある悪役として表現していた。

(至さんは演技の技術だけじゃなくて、内面の機微《きび》を表現するのがうまくなった)

いづみは芝居を思い返しながら、メンバーの成長ぶりをしみじみと感じた。

そんないづみを、いつの間に振り返っていたのか、千景があきれた表情で見ていた。

「……信じられない大根役者だな、キミは」

「じゃあ、見本を見せてください」

「……断る」

素っ気なく告げて、くるりと背中を向けてしまう。

『西と東の魔法使いは私に服従を約束した。これ以降、このエメラルドの都は永遠に安泰《あんたい》だ』

いづみは千景の芝居を真似《まね》てオズのセリフをなぞった。

（千景さんは、つくづく詐欺師《さぎし》オズワルドにぴったりだな。今、演技をしたら、絶対に今まで以上に完璧なオズワルドができるはずなのに）

『俺は魔法使いなんかじゃない。今までの変身した姿というのはただのハリボテだ。この頭も――』

「……『インチキ』だ」

千景がいづみの方を見ないまま、間違いを指摘《してき》する。

「あ、そうでしたっけ。よく覚えてましたね」

いづみが素直《すなお》にほめるも、千景は何も答えない。

「毎日稽古しましたもんね」

そう続けると、千景が小さく舌打ちをした。

千景は芝居にまったく興味がないわけではないのかもしれない。いづみにはそんな風に思えてうれしかった。

（もうこの生活も五日目か……いい加減慣れてきちゃったな）

いづみは定位置となったソファの上で、ぼんやりと千景の背中を見つめた。

（それにしても、千景さん、いつ眠ってるんだろう。私が眠ってる時に寝てるのかもしれないけど、夜中ふと目を覚ました時もＰＣに向かってるんだよね……）

キーボードの上の千景の手はせわしなく動いていて、ウィンドウには色々な国の文字の文書がずらずらと並んでいる。

「千景さん、いつもＰＣで何をしてるんですか？」

いづみは答えを期待しないまま、声をかけた。

「お仕事ですか？」

いづみが何度問いかけても、千景は何も答えない。このやり取りはここ数日お決まりのものとなっていた。

「夜中までやってますよね。そんなに忙《いそが》しいんですか？」

いづみが無視されてもまったく気にせずに質問を繰り返すと、千景が大きくため息をついた。手を止めることなく、口を開く。

「情報収集が俺の仕事だ。休む暇はない。……以前はオーガストの役目だったが、もういないからな」

千景はもういづみに対してオーガストの名を隠《かく》すことをやめていた。千景がその名前を口にする時は、いつもどこか悲しげだ。いづみにはそれが気になっていたが、直接聞くことはできなかった。

「そんなに眠らなくて、大丈夫なんですか？　倒れちゃいますよ？」

「問題ない」

「密さんなんて、いつでもどこでも寝ちゃうのに、全然違うんですね」

「……あの寝太郎《ねたろう》と一緒にするな。あいつは特殊なんだ」

あきれた口調はどこか親しげで、いづみは、おや、と思う。

（もしかして、千景さんと密さんって、昔は仲が良かったのかな）

「でも、眠らないのは体に悪いんじゃ……」

「必要なだけの睡眠《すいみん》はとってる。あまり眠らなくても疲《つか》れない体質だし、そもそも他人と一緒だと絶対に眠れない」

「え？　でも、至さんとは……」

「あの部屋で寝たことはない。毎晩、この部屋に戻って寝ていた」

「そうだったんですか⁉」

初めて聞く事実に、驚いてしまう。

「それじゃあ、私はしばらくお風呂にでも入ってるので、その間に寝てもらって……」

「だから、寝なくても平気だって言ってるだろ」

「そうは言っても、一人の時はもっと寝てたんですよね？　絶対、前よりは睡眠が足りてないはずです！」

いづみが強く主張すると、千景の手が初めて止まった。

「……お節介《せっかい》な奴だ。この劇団の奴は、どいつもこいつも……」

小さくつぶやくような声は、背中を向けていることもあって、いづみの元までは届かない。

「千景さん？」

千景は何も答えずに、タイピングを再開した。

いづみは少しためらった後に、立ち上がった。

「私、しばらくお風呂に行ってますから」

（迷惑《めいわく》だったかな……）

パソコンに向かったまま何も答えない千景の顔を見たが、その表情からは何を考えているのか読み取れなかった。

いづみは迷いながらもバスルームへと向かった。

談話室で監督と主演不在問題についての作戦が練られている時、密は一人、寮のバルコニーに立っていた。外を眺めるでもなく、ただぼんやりと立《た》ち尽《つ》くしている。生ぬるい風が密の髪《かみ》を揺らし、街路樹をざわめかせる。雲が流れて、密の頰に影《かげ》を落とした。

「オレ一人で、なんとかしないと……」

いつになく切羽《せっぱ》詰まった表情で密がつぶやいた時、バルコニーの扉《とびら》が開いた。

「密くん……」

誉の呼び声に振り返ると、冬組メンバーが揃っていた。

「探したよ」

「……何？」

心配そうな表情の紬の言葉を聞いて、密が首をかしげる。

「最近の密くんの様子がおかしいのと、今回の件が何か関係あるんじゃないかと思ってね」

「今回の件について何か、知ってるんじゃない？」

誉と紬に問いかけられ、密がそっと視線を落とす。

「お前、最近寝てないだろう」

「一人で抱《かか》え込まない方がいいよ」

丞と東も心配そうな顔で密を見つめていた。所かまわず昼寝《ひるね》をする密が寝ないというのは、冬組結成以来初めてのことだ。それだけに、メンバー全員、密が何か思《おも》い悩《なや》んでいることは察していた。

「密くん、一緒に背負わせてくれないかな」

ためらうような表情の密に、紬が告げる。

「何か協力できることがあったら言ってくれたまえ」

「そうだよ、密。キミがそんなだと、みんな調子が狂《くる》ってしまうよ」

誉と東が言い募ると、密はようやく重たい口を開いた。

「……オレは、千景がカントクを連れていった場所がわかるかもしれない」

「卯木《うつき》が監督を連れていった？　卯木が今回の件《けん》の首謀者《しゅぼうしゃ》ってことか？」

丞が眉を上げると、密は小さくうなずいた。

「……記憶をなくす前、オレはずっと千景と一緒にいた。……千景はオレのことを憎んでいる。だから、カントクを連れ去ったんだ」

「海外出張も嘘《うそ》っていうことか……」

「どうりで、カントクのＬＩＭＥがおかしいわけだね」

納得《なっとく》したように丞と紬がつぶやく。

「……眠れば、千景の居場所を思い出せるかもしれない。でも、許されないオレの罪まで思い出してしまうかもしれない。……それが、怖《こわ》い」

密の瞼が震える。心細げな表情から、心底それを恐《おそ》れているのが伝わってきた。

「だから眠れなかったってことか」

「その罪は、どの程度の重さかね？」

東が労《いた》わるように告げると、誉が不意に問いかけた。

「五人で背負えば、ちょうどいいくらいかな」

不思議そうな顔をする密に、東が茶目っ気のある笑《え》みを浮かべる。

「一緒に引き受けるよ。だから、怖がらないで」

「こうなりゃ、一蓮托生《いちれんたくしょう》だ。馬車馬《ばしゃうま》になるのとどっちが怖い？」

紬と丞が続けると、密はふるふると首を横に振った。

「馬車馬はヤダ……」

「だったら思い出せ。俺たちはそれがどんなものでも受け止める」

「……ありがとう」

丞が強い口調で告げると、密は安心したように表情を和《やわ》らげた。

そして、一度瞬《まばた》きをしたかと思うと、ゆっくりと崩《くず》れるようにその場に倒《たお》れ込んだ。

その体を、丞がとっさに受け止める。

「――って、もう寝るのかよ」

「ナイスキャッチ」

「ずっと気を張ってたんじゃないかね」

「おやすみ、密」

紬がにっこり笑って丞をほめると、誉と東も密を見つめながら微笑んだ。

「目が覚めた時も、キミのそばにいると約束しよう」

「安心して眠っていいよ」

誉と紬がささやくと、密は安らいだ表情で寝息を立て始めた。

十二月二日。

作戦決行前夜。

この日は世界を飛び回っているエイプリルが珍しく帰国していて、アジトには久しぶりに三人が揃った。

「準備は？」

「……問題ない」

「くれぐれも敵の拠点《きよてん》のど真ん中で昼寝なんかするなよ」

「……するわけない」

「どうだかな」

「明日は僕もフォローするから大丈夫だよ」

「……まぁ、もしもの時はこれを使えばいいいんだろ」

「それは本当に最後の手段だ。ギリギリまで生き延びることに執着してほしい」

「でも捕《つか》まって自白剤《じはくざい》を飲まされるよりは、こっちの方が安全だ」

「そんな風に言うな！　自分の調合した薬で、かけがえのない家族を失うかもしれない僕の気持ちもわかってくれ！」

「オーガスト……」

「……ごめん、ちょっと頭冷やしてくる」

「大事な任務の前に、余計なことを言って和を乱すな。ディセンバー」

「……」

「……今回の任務、絶対に失敗するなよ。もし、お前のせいであいつが死んだら……俺はお前を許さない」

「わかってる」

「……クリスマス、また三人で、ジンジャーブレッドを食べるんだろ」


オーガストが助からないなら、オレもここで死ぬ。

どのみち、もう逃げきれない。今がこの薬を使う時だ。

「無駄……だよ……」

「オーガスト……？」

「その薬はね……」


額に汗《あせ》をにじませながら、苦悶《くもん》の表情で密が目を覚ます。

ゆるゆると辺りを見回して、自分が部屋で寝転《ねころ》がっているのに気づくと、ほっと息をついた。

「あ、起きたよ」

「気分はどう？」

紬と東が心配そうに顔を覗《のぞ》き込む。

「ずいぶんうなされてたな」

「何か飲むかい？」

続いて丞と誉も密の様子を見に来た。

冬組メンバーの顔を順に確認して、密の表情が穏《おだ》やかなものに変化する。

「少しすっきりした顔をしているね」

紬が微笑むと、密が視線を落として口を開いた。

「……思い出した」

「思い出した？　卯木と監督の居場所がわかったのか？」

丞の質問に、密がはっきりとうなずく。

「昔、オレは千景と……千景たちと一緒に暮らしてたんだ。たぶん、あいつはそこにいる。……なくした記憶への、決着をつけてくる」

そう告げると、ソファから体を起こして立ち上がった。

「一人で行くつもりかい？」

「……これは、オレがやらなくちゃいけないことだから」

誉の問いかけに、密は迷いなく答えた。

「大丈夫？　もしかして、千景さんは密くんにとって大事な人だったんじゃ……」

「……だからこそ、一人で行く」

心配そうに紬が引き留めるが、密の決意は固い。

「……そう」

「くれぐれも、気を付けるんだよ」

「助けが必要になった時は、いつでも言え」

「……うん」

東と丞がエールを送ると、密はうれしそうに微笑んだ。

「密くん。……相手の気持ちを正確に理解はできなくても、相手の身になって考えることはできる。そうだったね？」

真剣な表情をした誉が、以前密から告げられた言葉を繰り返す。誉が主演、密が準主演を務めた公演で、人の気持ちがわからないことに悩む誉に、密はこの言葉を贈《おく》った。

誉は大事な相手との対峙《たいじ》を前にした密に、和解の道があることを示したかったのだろう。

「……そうだった」

はっとしたような密の顔を見て、誉が微笑む。

「大丈夫だ。密くんなら、うまくやれるだろう」

「……行ってくる」

密はメンバーたちの想《おも》いを受け取ったかのようにうなずいて見せると、談話室を出ていった。

第5章　告解要求

　夕飯のマトンカレーを食べ終わった後、いづみは日課となっている一人芝居《ひとりしばい》を始めた。

『お前はすでに包囲されている！　大人しく出てこい！』

　冒頭《ぼうとう》から、登場人物全員のセリフをなぞる。稽古《けいこ》の感覚を忘れないという意味でも、今のいづみにはぴったりの暇《ひま》つぶしだった。

『ふん。誰《だれ》が捕《つか》まるか』

『な——気球だと!?』

　千景《ちかげ》の手がぴたりと止まった。

「仕事の邪魔《じゃま》だ」

　いづみに背を向けたまま、千景がうんざりしたように告げるが、いづみは気にせず先を続けた。

『追え！　逃がすな！』

「黙《だま》れ」

「千景さんが稽古に付き合ってくれたら黙ります」

とうとう振り返った千景に、いづみが臆《おく》せずに告げる。このやり取りもここ数日で何度も繰《く》り返《かえ》したものだった。が、決まっていづみの一人芝居が続く。

今回もそうなるかと思われた時、千景が面倒《めんどう》くさそうに立ち上がった。

「……一回だけだからな」

千景は深いため息をつくと、そう告げた。

『あなた様はどなた様ですか？』

いづみのリックのセリフに、オズワルドに扮《ふん》した千景が視線をさまよわせる。

『私の名はオズワル――オズだ』

『オズ様……大魔法使《だいまほうつか》いオズ様！』

『魔法使い？』

「そこは、もう少しつっけんどんな感じにしてください」

不思議そうな顔で返した千景に、いづみが告げる。

『魔法使い？』

千景がいづみの言う通り、突《つ》き放《はな》したような芝居に変えると、いづみの顔がぱっと輝《かがや》いた。さっきよりもオズワルドの性格がわかりやすく伝わってくる。

「いいですね！　最初の時よりもすごく良くなりました」

（やっぱり、今の感じの悪い千景さんの方がオズワルドにしっくりくる。感情もにじみ出てくるし）

　いづみは以前と確実に変化した千景の芝居をじっと見つめた。

「どうせ舞台《ぶたい》には立たないんだから、稽古なんてしても意味ないだろう」

「絶対に立たせてみせます」

　投げやりな千景にいづみが断言する。千景の芝居を見た今は、より強くそう思っていた。

「どうやって」

「それは、なんとか千景さんを舞台に立ちたくてしょうがない気持ちにさせて……」

「なるわけないだろう」

「させてみせます！」

「……本当に馬鹿《ばか》だな」

　ふいに千景の相好《そうごう》が崩《くず》れた。あきれたような表情をしながらも、その目は聞き分けのない子供を見るように優しい。いづみが今まで見たことのない表情だった。

（今、笑った……？　あんな風に笑う顔、初めて見た……）

　啞然《あぜん》とするいづみの顔を見て、千景は自らの口元を手のひらで覆《おお》った。

そして、真顔に戻《もど》ると再びパソコンの前に座ってしまった。

「……稽古は終わりだ」

いづみの胸に、ある確信《かくしん》のようなものが生まれる。

（千景さんって、本当はあんな風に優しく笑うことができる人なんだ……きっと、昔は密《ひそか》さんやオーガストって人ともあんな風に笑い合ってたのかもしれない。『復讐《ふくしゅう》』が、千景さんを変えてしまったのかも。密さんの過去に何があったのかはわからないけど……オーガストさんを殺したっていうのは、何かの間違《まちが》いなんじゃないかな。密さんが、事情もなくそんなことをするような人には思えない。なんとか和解して、千景さんがさっきみたいな笑顔《えがお》を取り戻してくれたらいいのに……）

いづみは気づかわしげに、すべてを拒絶《きょぜつ》するような千景の背中を見つめた。


目を覚ましたいづみは、あくびをしながら大きく伸《の》びをした。

部屋の窓から差し込む光をぼんやりと見つめながら、すっかりこの景色に馴染《なじ》んでしまった自分に気づく。

（この部屋に連れてこられてから、もう何日だっけ……）

指折り数えていると、自然と焦《あせ》りが募《つの》り始める。

（まずいな。もうすぐ公演初日だ。みんな、どうしただろう。まさか千景さんの言う通りバラバラになってなんて……）

暗い想像をしそうになって、慌《あわ》てて首を横に振る。

（ううん、そんなはずない。私がいなくても、みんなはちゃんと団結して公演の準備を進めてくれてるはず。あとは、私が千景さんを舞台に連れていければ――）

いづみは発破《はっぱ》をかけるように自分の頬《ほお》を叩《たた》いた。

無理やりにでも前向きに自分のやるべきことを考えていないと、どんどん思考が沈《しず》んでいってしまう。外界から閉ざされたこの環境《かんきょう》で暗い思いにとらわれてしまったら、それこそ救いがない。

軟禁《なんきん》生活が始まってから、いづみは気晴らしに稽古をしたり、努めて思い悩《なや》みすぎないようにしていた。それが、自分の精神状態を保つ唯一《ゆいいつ》の方法だと、無意識に理解していた。

（もし、初日に主演が間に合わなかったら、大変なことになる。チケットは払《はら》い戻《もど》し、楽しみに待っててくれたお客さんの期待も裏切っちゃう。これまで支えてくれたファンを失いかねない。それだけは絶対に避《さ》けないと……）

そう思いながらも、今のいづみにできることは多くない。頑《かたく》なな千景の態度を考えれば、この状況《じょうきょう》を打開するのは絶望的とも言えたが、不思議といづみには不可能ではないような気がしていた。

（千景さんは相変わらずだけど、最初の頃《ころ》に比べると少し千景さんのことがわかってきた気がする。理由はわからないけど、千景さんの素《す》の表情が見える瞬間《しゅんかん》がある。千景さんも、まだ『復讐』に対して迷いがあるのかな。だとしたら、何かきっかけがあれば、もしかしたら――）

相変わらず無言でパソコンに向かっている千景に視線を移した時、玄関《げんかん》のドアがノックされた。きっちり三回聞こえたところで、音が止まる。

いづみがはっと息を止めた。

「……じっとしてろ。声を出すな」

千景が牽制《けんせい》するように、いづみを睨《にら》んだ。その視線はどこまでも冷たく、いづみはそれだけで動けなくなる。

と、再びノックが聞こえた。今度は二回聞こえて止まる。一呼吸おいて、三回ノックされた。

「……合図も覚えていたか」

千景は小さくつぶやくと、玄関の方へと向かっていった。

部屋にとどまったいづみの耳に、ドアのカギが開く音が聞こえた。

「今さら何をしに来た」

「……思い出した、すべてを」

千景と訪問者の声が聞こえてくる。

「それで」

「……話をしに来た」

(この声……)

聞き覚えのある声に気づいて、いづみが目を見開く。

「入れ」

千景の声と共に現れたのは密だった。

「密さん!!」

密はいづみに気づくと、わずかに微笑《ほほえ》んだ。

「……大丈夫《だいじょうぶ》。絶対に助けるから」

(助けに来てくれたんだ……!)

安堵《あんど》で体の力が抜《ぬ》ける。

「さあ、罪を告白しろ。お前を裁くのはそれからだ」

千景が鋭《するど》い目つきで言い放つと、密はゆっくりと瞬《まばた》きをした。

そして、覚悟《かくご》を決めたかのように口を開いた。

「あの日――……」


オーガストが入手した情報も計画も完璧《かんぺき》だった。

何の問題もなくターゲットのビルに侵入《しんにゅう》して、あとはデータをコピーして帰ってくるだけの簡単な任務だったはずだ。

でも、潜入《せんにゅう》計画自体が漏れていた。

待ち構えていた相手に囲まれて、逃げる途中《とちゅう》、オーガストが銃弾《じゅうだん》を受けた。

オーガストに肩《かた》を貸してなんとかビルを逃げ出したけど、敵は巧妙《こうみょう》にオレたちを誘導《ゆうどう》して、逃《に》げ場《ば》のない断崖《だんがい》に追い込んだ。

「僕はもう助からない。一人で逃げるんだ、ディセンバー……キミの能力なら、ここから飛び込んでも浜《はま》まで泳ぎ着ける」

「……ダメ。絶対に置いていかない」

「逃げろ、キミだけでも……」

「ヤダ！　死ぬな！」

「僕は、もう……」

「オーガストが助からないなら、オレもここで死ぬ」

オーガストの瞼《まぶた》が閉じた瞬間、震《ふる》える手でペンダントを引きちぎって、薬の瓶《びん》を開ける。

「無駄《むだ》……だよ……」

飲み干した瞬間、オーガストがわずかに笑った。

「オーガスト……？」

「その薬はね……僕がすり替《か》えた……二人の薬は、一時的に記憶《きおく》をなくす薬……」

「え……？」

薄《うす》れゆく意識の中で、オーガストが途切《とぎ》れ途切れにそう説明した。

「組織に誘《さそ》ったのは僕だから、何があっても二人を死なせたくなかった……組織や僕のことを忘れて、新しい人生を……」

「オー、ガスト……」

どういうことなんだと言おうとした口は、もう開くことができなかった。

頭がぐらぐらしてふらつくオレの体を、オーガストが崖《がけ》から突《つ》き落《お》としたから。

「生きて……」

「──っ」

反転する視界に映《うつ》った満月が妙《みよう》に綺麗で、後悔《こうかい》と共に網膜《もうまく》に強烈《きようれつ》に焼き付いた。

冷たい海に体を叩き付けられて、息苦しさで一気に目が覚める。

あとはただ無我夢中《むがむちゆう》で泳いだ。

オーガストが最後に言った言葉だけが、頭の中を支配していた。

ようやく浜まで泳ぎ着くと、オレは力尽《ちからつ》きて意識を失った。

そして、目が覚めた時には……何も覚えていなかった。

密が口をつぐむと、途端《とたん》に室内に沈黙《ちんもく》が訪《おとず》れる。

うろたえきった表情の千景が視線をさまよわせた。

「そんな……バカな……」

「……それが、あの日オーガストが願ったすべて」

密がまっすぐに千景を見つめる。

「ウソをつくな！」

千景が怒《いか》りに満ちた表情で密に殴《なぐ》りかかった。

避けようともしなかった密の頬に千景の拳《こぶし》がめり込み、密の顔が歪《ゆが》む。

「千景さん、やめてください！」

いづみの悲鳴のような静止も、千景の耳には届かなかった。

「お前が、殺したんだ！　組織を、裏切って、オーガストを罠《わな》にはめて――！」

泣きだしそうな苦しげな表情で、千景が密の首を掴《つか》んで絞《し》め上《あ》げる。

「――っく」

「千景さん！」

「潜入計画が漏れていたのも、お前が――！」

千景の声は掠《かす》れて、怒りよりも悲しみに満ちていた。

（千景さんはずっと密さんが裏切ったと思ってたんだ。そう組織に言い含められてた……？）

千景を止めようとするが、いづみの力では、千景の腕《うで》はびくともしない。

「だから、俺は、組織に命じられてお前を――っ」

千景が密の首を掴んだ手にぎりぎりと力を込めるが、密は静かな表情で千景を見つめていた。

「……その方が本当の裏切り者にとって都合がいいから。裏切り者はきっと、今も組織の中にいる」

「――黙れ！」

「……証拠《しょうこ》がある」

密の言葉で、千景の手の力が弱まる。

「……エイプリルが渡された自害薬もすり替えられてるはずだ」

千景が迷うように視線を揺《ゆ》らしたが、すぐに小さく鼻を鳴らす。

「……どうやってそれを確かめる？」

「オレが飲む」

「は？」

千景がぽかんと口を開けた。その隙《すき》に、密が千景の胸元《むなもと》から小瓶《こびん》のようなものを抜き取る。

「やめて、密さん！」

いづみが思わず叫《さけ》ぶ。

「バカじゃないのか。そんなことをすれば、お前は……」

「死なない。また記憶を失うだけ」

「だけって……お前の家族とやらはどうするんだ。全部忘れるんだろ」

千景の言葉に、密は穏《おだ》やかな笑《え》みを浮《う》かべながらうなずいた。

「……思い出は、また作ればいい。みんなは受け入れてくれる」

「密さん……」

自分を受け止めてくれる団員たちを、そして自害薬を作ったオーガストを信じきった密の表情に迷いはない。いづみはそれ以上何も言えなかった。

「……これで証明されたら、千景も信じてくれる。家族がみんな取り戻せる」

千景の表情が凍《こお》り付く。

密はゆっくりと小瓶を開けると、自らの口元に近づけた。

「密さん――！」

「やめろ！」

いづみが思わず声をあげたのと同時に、千景が小瓶を払《はら》いのけた。

小瓶が床《ゆか》に落ちて砕《くだ》け散《ち》る。中の液体は床面に小さく広がった。

「さすが劇団に入ってただけあるな。芝居がうまい」

顔を歪めながらそうつぶやく千景を、いづみがきっと睨みつける。

「千景さん！　密さんは――」

「そんな芝居《しばい》じゃ、俺は……」

ふいに、千景が口をつぐんだ。何かに気づいたかのように、床に膝《ひざ》をつく。

流れた液体を指先ですくって、鼻先に近づけた。

「甘《あま》い匂《にお》いが、しない……？」

千景の脳裏《のうり》に、オーガストとの会話がフラッシュバックする。

『この自害薬、甘〜い匂いがするから、僕とディセンバーはお腹《なか》が空いた時にうっかり口にしないよう、要注意だな』

『……エイプリルは辛党《からとう》だから安全』

『お前たち、うっかりで自害するなよ？』

笑い合った頃の記憶。当たり前の幸せを、気づかずに享受《きょうじゅ》していた頃の自分たちの会話に、打ちのめされる。

「オーガスト、本当に……？」

呆然《ぼうぜん》とした表情で、千景は自らの手のひらを見下ろした。

「じゃあ、俺はなんのためにずっと……」

床に座り込んだまま、立てずにいる千景の肩に、密がそっと手を当てた。

「……エイプリル、お前の身になって考えてみた。ずっと、独りにしてごめん」

「……何を」

労《いた》わるような密に、千景は反発するような視線を向けるも、その目にもう力はない。

「……もしもオレがお前だったら、耐《た》えられなかったと思う。……たった二人の家族を一気に失って、しかも悲しむことも許されずに憎《にく》まなくちゃいけなかったなんて……」

密の言葉は千景を想《おも》う気持ちだけが込められていた。

千景が、すべての力を失ったかのように、がっくりとうなだれる。

「……俺は……どうすればいい。たった一人になった家族のお前を裏切ったのは、俺の方だった」

長い沈黙の後、千景はぽつりとつぶやいた。今の千景に残っているのは、絶望と後悔だけだ。

密はそんな千景をじっと見つめて答える。

「……舞台に立って、芝居をしてほしい」

「……え？」

虚《きょ》をつかれたように、千景が顔を上げる。

「……もうエイプリルの家族はオレ一人じゃない。エイプリルはこれから新しい家族と新しい人生を生きるんだ。……オーガストが望んだように」

「新しい、家族……」

千景が行き場を失った途方《とほう》に暮れた表情で視線をさまよわせると、いづみのそれと交わる。

「千景さん……」

いづみに名前を呼ばれた千景が、びくりと体を震わせた。そんな千景を、いづみは静かに見つめる。

（千景さんのしたことは許されることじゃない。でも、オーガストさんの遺志と、密さんの想いを無にはできない。一度受け入れた千景さんを放り出したりしない）

いづみの胸には、固い決意が宿っていた。

（受け入れよう。千景さんはもう、今までの千景さんじゃない。私は今の千景さんにオズワルドを演じてほしい。春組のみんなと、舞台に立ってほしい）

その想いを込めて、いづみは千景にうなずいた。


「みんな、ただいま！」

「……ただいま」

明るい表情で手を振ったいづみに続いて、密と千景が姿を現すと、談話室は騒然《そうぜん》となった。あらかじめ密から連絡が入っていたこともあって、談話室には全団員が揃《そろ》っていた。

「カントク！」

「大丈夫っすか!?」

「無事だったネ！」

「とりあえず、オツ」

咲也《さくや》、綴《つづる》、シトロンが三人に駆《か》け寄《よ》ると、ソファに座っていた至《いたる》が手を挙げる。

「アンタ切《ぎ》れ……充電《じゅうでん》しないと……」

「わ!? 真澄《ますみ》くん!?」

真澄がふらふらといづみに抱《だ》き着《つ》こうとすると、すかさず後ろから左京《さきょう》が引きはがした。

「そういうのは後にしろ」

「ジャマ……」

真澄が眉《まゆ》をひそめながらも、動きを止めると、左京は三人の顔を順に見据《みす》えた。

「それで、一体何があったんだ」

鋭《するど》い視線を受けて、千景が口を開こうとした時、それより早くいづみが声をあげた。

「あ、あのですねー……実は、びっくりすると思うんですけどー、あの『開かずの間』に閉じ込められてたんです！」

「は？」

「んなワケあるか」

見事な棒読みで、いづみがつらつらと説明し始めると、綴はぽかんと口を開け、左京が不審《ふしん》そうに顔を顰《しか》める。

「ほら、劇団七不思議の開かずの間です！　いやーびっくりですよねー！　こんなこと、あるんですねー！　それで、密さんに助けてもらったんですよー」

「御影《みかげ》、事実なのか？」

左京が疑うように密に視線を向けると、密は無表情のままうなずいた。

一方、真澄も至近距離《きょり》から音がしそうなくらい、いづみを凝視《ぎょうし》する。

いづみが思わずのけぞるが、真澄は視線を外そうとしない。

「ま、真澄くん？」

「本当だよ？」

そう告げると、ようやく納得《なっとく》したように息をついた。

「……アンタが無事なら、いい」

「ケガはないんだな」

厳しい表情に心配の色をにじませた左京の問いかけに、いづみがぶんぶんと首を縦に振る。

「どこにも行けなくてダラダラしてたので、体力が有り余ってます！」

「はあ……まあいい」

左京はいづみがそれ以上何も言うつもりがないというのを察したのか、ため息をついた。

「……二度目はないからな」

そう千景に釘《くぎ》を刺《さ》す左京の目は鋭く、冷たい。千景は無言のままうなずいた。

「とにかく無事で良かったな」

「まったく、人騒《ひとさわ》がせな」

天馬《てんま》と万里《ばんり》がほっと息をついて告げる。

「よーし！　出所祝いしよ！」

「おつとめゴクローサマッス！」

一成《かずなり》の言葉に、太一《たいち》が悪乗りする。

「準備は済んでるぞ。カントク用にデザートも特別仕様だ」

臣《おみ》が、フルーツが山盛り載《の》ったタルトを手に、キッチンから顔を覗《のぞ》かせる。

「うまそうだ……」

十座《じゆうざ》がタルトに釘付《くぎづ》けになっていると、臣が微笑んだ。

「配膳《はいぜん》手伝ってくれ」

「っす」

それを合図に、宴会《えんかい》の準備が始まった。

一気に明るい雰囲気《ふんいき》になった談話室の様子を眺《なが》めながら、丞《たすく》が複雑な表情を浮かべる。

「……これは黙ってた方がいいのか」

「そうだろうね」

東《あずま》が微笑みを浮かべたままうなずく。

「監督《かんとく》くんと密くんがそう言うのだから、それが事実なのだろう」

誉《ほまれ》も穏やかな笑顔で同意する。

「劇団七不思議が本当に起きるっていうのは、俺たちがよく知ってるしね」

「……はあ。そうだな」

紬《つむぎ》が軽い調子で告げると、丞はため息をついてうなずいた。

沸《わ》き立《た》つ談話室の隅《すみ》で、所在なげに立っていた千景に、咲也がゆっくりと近づいた。

「お帰りなさい、千景さん」

咲也がにっこりと笑うと、綴も後ろから顔を覗かせる。

「主演がいなくなるとか、なしっすよ。千景さんの役なんすから」

「さ、食べるヨー！　三人とも、お腹すいてるネ？」

シトロンが皿をてきぱきと配る。

「ま、とりあえず無事で良かったですね」

至が素《そ》っ気《け》ない中にも気遣《きづか》いをにじませると、千景が呆然とした表情を浮かべた。

「……どうして」

小さなつぶやきを聞いて、隣《となり》にいたいづみが笑みを浮かべる。

「失敗や過《あやま》ちを許して受け入れるのも、家族の役目ですよ」

「家族……」

「千景さん、ご飯食べたら稽古しましょうね！」

「公演は明後日《あさって》だし、もう時間ないっすよ」

言葉を失ったままの千景に、咲也と綴が笑いかける。

「そうだね。とにかく少しでも多く合わせないと！」

「がんばるヨー！」

いづみとシトロンもやる気を見せる中、千景は家族という言葉の意味を噛《か》み締《し》めるように、じっとメンバーの様子を見つめていた。


稽古場に、久しぶりに春組《はるぐみ》メンバー全員が揃った。

現状を確認《かくにん》する意味合いで、通し稽古が行われる。

『本当に行かれるのですか？』

心底心配しているリックの言葉に、オズワルドが芝居がかった表情でうなずく。

『ああ。私が行かなくては、エメラルドの都《みやこ》が危ない』

『私もついて行きます！』

久しぶりに咲也たちの芝居を見たいづみは、内心感嘆《かんたん》した。

（すごい。みんな、すごく良くなってる……ちゃんと稽古続けてくれてたんだ）

「この辺、少し変えてみたんですけど、どうでしょう？」

「すごくいいと思う！」

不安そうな咲也を、いづみが笑顔でほめる。

「良かった。雄三《ゆうぞう》さんや他の組のメンバーにも稽古を見てもらって、意見をもらったんです」

「そうなんだ……」

咲也の言葉を聞いて、いづみの胸に温かなものが広がる。

(みんな、ちゃんと協力して準備を進めてくれた。もうみんなだけでも、ちゃんと芝居を良くしていける)

その事実がうれしかった。

(これも何回も公演を続けてきた結果だよね。本当にみんな、成長したんだな)

旗揚《はたあ》げ公演の時は稽古のやり方も進め方も何もかも、一からいづみが考えて教えていた。その時から考えたら、大きな進歩だ。いづみにとって団員たちの成長ほど喜ばしいことはない。

『……では、お前に雷《かみなり》の魔法《まほう》を授《さず》ける。《サンダー》と叫んで手を一振りすれば、たちまち雷が相手を打ちのめすはずだ』

千景の芝居を見つめるいづみの表情が、わずかに曇《くも》る。

(ただ、千景さんは調子が出ないな。あれだけそつなくこなせてたセリフ回しがボロボロだ。人間味があるといえばあるんだけど、芝居自体がぎこちない。やっぱり、密さんから聞いた真実がショックだったんだろうな……)

いづみはそう思い至ると、手を打った。

「今日はこの辺にしましょう。今夜はゆっくり休んで、明日は朝練《あされん》からみっちりやりますよ！」

いづみの合図で稽古が終わると、千景は一番に稽古場を出ていった。

「あ、千景さん――」

いづみが声をかけるが、気づかなかった様子で行ってしまう。

（大丈夫かな……）

千景の表情は見えなかったものの、稽古中の芝居が冴《さ》えなかったことが気にかかる。

と、咲也がうれしそうにいづみに駆け寄ってきた。

「千景さんの演技、すごく変わりましたね！」

「あ、それは――」

「お芝居しながら、初めて千景さんとちゃんと目が合った気がします。千景さんがオレを、リックをちゃんと見てくれた気がしました。すごくやりやすかったです！」

咲也の言葉にはっとする。

「……そっか」

（千景さんの意識が変わったんだ……）

ぎこちなくなったのは、周りを見るようになったからだ。咲也たちとの呼吸を感じるようになったからこそ、今まで簡単にできたことができなくなった。それは、決して退化などではない。

いづみの胸に安堵が広がった。

(大丈夫。きっとこれから、千景さんの芝居は良くなる。春組として、みんなもまとまっていけるはずだ！)

「よーし、がんばろうね、咲也くん！」

「はい！」

気合いを入れるいづみに、咲也は笑顔で返事をした。

第６章 安らげる場所

ＭＡＮＫＡＩ劇場のロビーは訪《おとず》れた客でごった返していた。劇場内はスタッフ含《ふく》め、初日独特の慌《あわ》ただしさに満ちている。

いづみは関係者席に座り、赤い緞帳《どんちょう》をじっと見つめた。

（あっという間に公演初日……崩《くず》れた千景《ちかげ》さんの演技は結局元に戻《もど》らないまま……ゲネも正直ひどい出来だった）

前日の様子を思い返して、いづみの表情が厳しくなる。

（咲也《さくや》くんを始め、他のみんなの調子がいいから、全体としてはなんとかまとまってるけど……どうか、無事に終わりますように……）

祈《いの》るような気持ちで見守る中、劇場アナウンスが流れた。

「……ご来場の皆様《みなさま》、ＭＡＮＫＡＩカンパニー新生春組《はるぐみ》第四回公演にお越《こ》しくださいまして誠《まこと》にありがとうございます」

その頃《ころ》、舞台袖《ぶたいそで》には開演時間を待つ千景の姿があった。

身にまとっているのは緑と黒の千鳥格子《ちどりごうし》のジャケットに緑のベストというオズワルドの衣装《いしょう》だ。黒のストールを首に巻き、黒の中折れ帽《ぼう》、眼鏡《めがね》も黒ぶちと小物は黒で統一されている。

舞台を見つめて小さくため息をつく千景の肩《かた》を、咲也が軽く叩《たた》いた。

「千景さん、大丈夫《だいじょうぶ》ですよ！　いつも通りにやってください。オレたちが支えますから！」

両手を握《にぎ》り締《し》めて元気づける咲也も、リックの衣装に着替《きが》えている。

オズワルドと同じように現代風で、緑のセーターに茶色のネクタイと上着、チェックのハンチングをかぶり、丸い眼鏡をかけている。

「ミラックス～スラックス～！」

「リラックスな」

シトロンの言い間違《まちが》いを、至《いたる》がすかさず突っ込む。

二人とも、オズワルドたちとは少し雰囲気《ふんいき》の異なるファンタジックな魔法使《まほうつか》いの衣装を身にまとっている。シトロンは白とベージュを基調としたローブとマント、とんがり帽子《ぼうし》をかぶり、至の方は赤とチャコールグレーがテーマカラーとなっていたが、同じようにマントを羽織っている。

「千景さん、オズワルドは千景さんのあて書きなんで、そのままでいいです。自由にやってください」

「どうせどうやっても俺の方がうまいし」

「お前な、励《はげ》ます気あるのか？」

励ます綴《つづる》に続いて真澄《ますみ》が素《そ》っ気《け》なく告げ、綴があきれた表情を浮かべる。

綴の衣装は全身青でまとめられ、アクセントとして赤のステッチが入っている。真澄は他の魔法使いよりは現代のスタイルに近く、黄色のライダースに、白黒チェックのストールをマントのように巻き付けていた。

「……まあ、何でも完璧《かんぺき》すぎる先輩《せんぱい》のそういう姿は正直メシウマ」

「――キミたち、ケンカ売ってる？」

極《きわ》め付《つ》けの至のセリフを聞いて、千景が冗談《じょうだん》交じりになじると、至がにやりと笑った。

「やっぱり先輩ってネット住民ですよね」

至の言葉は確信《かくしん》に満ちていた。千景が一瞬《いっしゅん》黙《だま》り込む。

「メシウマってなんですか？」

「他人の不幸で飯がうまいの略ダヨー！」

「相変わらず、そういうの詳《くわ》しいっすね!?」

咲也の問いかけにシトロンが即答《そくとう》し、綴が突っ込む。

「ま、同じ穴の狢《むじな》ってことで、これからはそういうところも出したらどうですか」

ネットスラングを知っているということは同類だろうと、至が親しみを込めて軽く提案すると、千景はバツが悪そうにそっぽを向いた。

やがて開演ブザーが鳴った。客席の照明が落とされ、音もなく緞帳が上がる。

オズワルドとそれを追う警官が、舞台中央に駆《か》け込んでくる。

『もう逃《に》げられないぞ、オズワルド！　お前はすでに包囲されている！　大人しく出てこい！』

『ふん。誰《だれ》が捕《つか》まるか』

オズワルドが鼻を鳴らして、気球に乗り込む。

『な——気球だと!?』

『追え！　逃がすな！』

右往左往する警官たちを、オズワルドは高みの見物とばかりに眺《なが》める。

『やれやれ。しばらくはどこかに身をひそめるか』

オズワルドがそう言いながら気球を操縦し始めると、警察官たちが遠ざかり、場面が変わる。

いづみは客席から冒頭《ぼうとう》の場面をじっと見つめた。

(千景さん、昨日よりは良くなってるけど、ところどころ危《あや》うい……新人が主演っていうことで、お客さんもある程度は大目に見てくれるかもしれないけど……)

千景の動きは全体的に硬《かた》く、セリフも上滑《うわすべ》りしている印象だった。

『あなた様はどなた様ですか？』

気球から降りてきたオズワルドを、リックが畏敬《いけい》のまなざしで見つめる。

『私の名はオズワル――オズだ』

『オズ様……大魔法使いオズ様！』

『魔法使い？』

『先ほど空を飛ぶ魔法を使っておられました！』

咲也はその感動を表現するように、両手を天に掲《かか》げた。

(咲也くんが出てくると、一気に場が締《し》まるな。ちゃんとその場の空気を変えるくらい、存在感を出せるようになった)

いづみは咲也と千景の芝居《しばい》を見つめながら、そんな感想を抱《いだ》いていた。

主演を精一杯《せいいっぱい》務めながらも、余裕《よゆう》などまったくなかった旗揚《はたあ》げ公演の頃とは雲泥《うんでい》の差《さ》だ。

常に舞台全体を見て、千景を助けている。

（咲也くんのフォローで千景さんも持ち直してる。今回はオズワルドとリックが一緒《いっしょ》にいる場面がほとんどだから、何とか最後までいけるはず……）

千景の芝居のもたつきで、その場がだれそうになっても、咲也がうまく締める。そのフォローは的確で絶妙《ぜつみょう》だった。

『北の魔法使いよ。私の名前は大魔法使いオズ』

『オズ？　新しい魔法使いかな？　初めまして』

オズワルドを迎え入れる北の魔法使いを演じるのはシトロンだ。神秘的な善《よ》き魔法使いとして、その場の雰囲気を一変させる。

（他のみんなも、舞台を支えてくれてる。魔法使いの説得力が世界観を作り出してる。オズワルドだけが魔法使いじゃない普通《ふつう》の人っていうこともあって、ぎこちなさがここはうまく作用したかもしれない）

いづみはそんな風に分析《ぶんせき》しながら、危うさの残る初日の舞台を最後まで見守った。

緞帳が下りると、客席から拍手《はくしゅ》が湧《わ》き起こる。

「新人の人、すっごく緊張《きんちょう》してたね」

「かっこいいけどね」

「でも、面白《おもしろ》かった～！　なんか新人の人がいるから、逆に他の春組メンバーが支えてる感じがしてぐっときた！」

「頼《たの》もしくなったよね！」

「うんうん！　やっぱり春組が一番好き！」

観客の興奮したような感想が聞こえてきて、いづみはほっと胸を撫《な》で下《お》ろす。

（良かった……春組の良さはちゃんとお客さんにも伝わってる。でも、千景さん、きっと落ち込んでるよね……ちょっと心配だな……）

いづみはそっと客席を抜《ぬ》け出《だ》すと、裏口へと向かった。

舞台袖にたどり着くと、ちょうどカーテンコールが終わったところだった。

「みんな、おつかれさま！　お客さんも楽しんでくれたみたいだよ！」

まだ息を弾《はず》ませているメンバーを笑顔《えがお》で迎《むか》える。

「お疲《つか》れさまでした！」

「おつダヨ！」

「おつおつ」

「お疲れ」

咲也、シトロン、至、真澄が満足げにいづみに微笑《ほほえ》み返す。

「初日としては上出来っすね！」

綴がそう言いながら戻ってくると、最後に千景が現れた。納得《なっとく》のいく結果ではなかったのか、言葉はない。

（やっぱり千景さんの表情が暗い。自分でも出来はよくわかってるだろうしな……）

そのまま楽屋へ戻っていく千景の後姿《うしろすがた》を見送りながら、いづみは咲也に手招きした。

「咲也くん、ちょっと……」

「え？」

「千景さんの様子が心配だから、ちょっと注意して見ててあげてくれるかな？」

「――はい」

咲也はいづみの意図することがわかったのか、表情を引《ひ》き締《し》めてうなずいた。


その夜、一〇三号室の部屋のドアが音もなく開かれた。室内は暗く、すでに住人である至が就寝《しゅうしん》していることがうかがえる。

千景は静かに中に滑《すべ》り込み、隅《すみ》に置かれていたスーツケースを手に取った。

一切《いっさい》音を立てず、再び部屋を出ようとした時、ぎしりとベッドが軋《きし》んだ。

「――こんな時間にスーツケース持ってどこ行くんですか、先輩」

ベッドの柵《さく》にもたれるようにして、至が千景を見下ろしていた。

「……明日も公演なのに夜更《よふ》かしだな、茅ヶ崎《ちがさき》」

驚《おどろ》いた様子もなく、千景が振り返る。

「ログボ回収してたんで」

至がそう言いながら、手に持ったスマホを小さく振ると、千景は手にしたスーツケースにちらりと視線をやった。

「このスーツケースを人に貸すことになったから、他のに入れ替えようと思ってさ」

「……じゃあ、その間にもうちょっと部屋の共用スペースを空けておいてあげます。先輩は同室するにあたって最高の人材なんで」

至は含みのある沈黙《ちんもく》を落とした後、そう答えた。

「――それは、助かるな。それじゃ、行ってくる。おやすみ」

千景が微笑みながら部屋を出ていくのを、至は無表情のままじっと見送った。

「……戻ってくる気ないくせに」

すべてを悟《さと》ったつぶやきは、ドアが閉まる音にかき消された。

ややあって、至は手元のスマホを素早《すばや》く操作すると、耳に当てる。

呼び出し音が二回鳴って途切《とぎ》れた。

「もしもし。ごめん咲也、寝《ね》てた？」

至は起こしてしまったことを詫《わ》びると、手短に千景のことを伝えた。

千景が玄関《げんかん》を出ようとした時、バタンとどこかの部屋のドアが開く音に続いて、慌ただしい足音が聞こえてきた。

「——待ってください！　千景さん！」

玄関ドアを開ける前に、パジャマ姿の咲也が千景を呼び止める。

「どこに行くんですか？」

真剣《しんけん》な表情でたずねる咲也に、千景は困ったように微笑んだ。

「ちょっと、姉の家にね。急にこのスーツケースを甥《おい》っ子《こ》に貸すことになったんだ。今日の夕方突然連絡《とつぜんれんらく》が来て驚いたよ。今日のうちに運ばないと、明日の便に間に合わないって——」

「ウソですよね」

咲也は千景の言葉を遮《さえぎ》り、まっすぐな視線を向ける。

「本当のこと、教えてください」

千景が一瞬言葉を詰《つ》まらせると、そう言《い》い募《つの》った。

千景はバツが悪そうに視線をそらし、口元を歪《ゆが》める。

「一番チョロいと思ってたら、肝心《かんじん》な時に見抜くんだな。俺はもうこの劇団にいる意味がない。だから去るだけだ。望み通り舞台には立ったし、もう十分だろう」

そう言って肩をすくめて見せると、スーツケースを持ち直した。

「それじゃ——」

「待ってください」

出ていこうとする千景を、咲也が静かに呼び止める。

「いつものコイン勝負、しませんか？」

「……コイン勝負？」

虚《きょ》をつかれた表情で、千景が聞き返す。

「もし、オレが勝ったら、願い事を一つ聞いてください」

「一度も勝てたことないの、忘れたの？」

「負けたら、もう引き留めません」

「……わかったよ」

千景は投げやりにうなずくと、ポケットからコインを取り出し、空中にはね上げた。

コインはくるくると回転したかと思うと、千景の手の中に消えた。

「……はい。どっちの手に入ってるでしょう」

咲也が目の前に差し出された拳《こぶし》をじっと見つめる。

「わからない？」

千景がたずねても、咲也は何も答えず、ただ瞬《まばた》きもせずに拳を凝視《ぎょうし》する。

「なら、勝負はおしまいだ」

千景が手を引こうとした時、咲也がようやく口を開いた。

「……どっちの手にも入ってないと思います」

千景の目を見つめてそう答える。

「答えになってないよ」

「千景さんは、絶対に負けたくない勝負は、二分の一の確率なんかにしなさそうだなって……」

咲也はもう一切千景の手は見ずに、目だけを見つめている。

千景は小さくため息をついた。

「手のひらを見せてください」

咲也が言い募ると、千景は観念したかのように両手を広げた。

「正解だ」

どちらの手にも、コインは載っていない。

「オレの勝ち、ですね」

咲也がほっとしたように告げると、千景は緩《ゆる》く首を横に振って、頭上を仰《あお》いだ。

「勘弁《かんべん》してくれ。今日の俺の芝居を見ただろう。見ての通りボロボロだし、これ以上どうにもならない。このまま続ければ、劇団全体の評価に傷がつく。迷惑《めいわく》をかけるだけだ。主演を交代した方がいい。稽古《けいこ》は他の組から代役をたててやってたんだろう？　だったら、俺の代わりに舞台に立てるはずだ」

いつもの穏《おだ》やかな口調ではなく、弱りきった様子だった。それだけ責任を感じているということが伝わってくる。

咲也は千景の様子をじっと見つめながら、落ち着かせるように言った。

「公演のことだけじゃありません。わからないけど、今の千景さんを一人にしちゃいけない気がするんです」

自分の考えを整理するように、少し間を空けて続ける。

「……千景さんは変わりました。いなくなる前はもっと分厚い殻《から》の中にいて、誰にも触《ふ》れられなくて、どんな人かもわからない感じだった。でも、きっと、そうならなくちゃいけない理由があったんですよね？　それがわかっているのに、支えになれないのが、もどかしかった。今は違《ちが》います。すごく傷ついていて、悲しんでいるのがわかる。一人で途方《とほう》に暮れてるような、そんな気がするんです。オレたちにできることはありませんか？　オレたちじゃ、千景さんの助けにはなりませんか？　みんな、千景さんのことを心配してます。カントクも、至さんも――」

自分に千景のことを頼んできた二人の名前を出し、すがるような目で千景に訴《うった》える。

千景は戸惑《とまど》ったように視線を揺《ゆ》らした。

「なんでキミたちがそんな風に思う必要がある」

「だってオレたち、家族じゃないですか」

千景の問いかけに、咲也は迷いなく答えた。何を当たり前のことを、とでも言うような口ぶりだった。

あまりの迷いのなさに、千景が一瞬目を見開く。

ややあって、咲也の想《おも》いから逃《のが》れるように視線を落とした。

「……キミたちの家族には、なれない。一度裏切った俺に、その資格はない」

「千景さん――」

「でも、コインの約束は守ろう。これ以上、罪を重ねる気はない」

「本当ですか⁉」

ぱっと咲也の顔が輝《かがや》く。

「千秋楽《せんしゅうらく》までひどい芝居を続けて、舞台の上で無様《ぶざま》な姿をさらせばいいんだろう？」

千景が自嘲的《じちょうてき》な笑《え》みを浮かべると、咲也はきっぱりと首を横に振った。

「いいえ。願い事はそれじゃありません」

「じゃあ、一体――」

怪訝《けげん》そうな顔をする千景に、咲也は両手で制止するような動きをした。

「――ちょっとここで待っててもらえますか」

不思議そうな千景を置いて、咲也はくるりと踵《きびす》を返すと、自室の方へと駆《か》けだした。


「よいしょ――っと」

間もなく、よたよたと危なっかしい足取りで咲也が布団《ふとん》を抱《かか》えて戻ってきた。

「――うわっ。危ない、危ない。落とすところだった……」

布団で視界がふさがれて前が見えていないため、転びそうになる。

「何をしてる？」

あきれた表情で千景がたずねると、咲也は布団に顔をうずめたまま、にっこりと微笑んだ。

「千景さんの分も布団と枕《まくら》持ってきました！　舞台の上で一緒に寝ましょう！」

咲也に押しきられる形で、千景はＭＡＮＫＡＩ劇場の舞台の上にいた。

大道具に囲まれて布団が二組《ふたくみ》敷《し》いてあると、それも舞台の一部のように見える。

千景が複雑な表情で見下ろしていると、そそくさと咲也が自分の布団にもぐり込んだ。

「さ、千景さんもどうぞ！」

「……本当にここで寝るのか？」

「はい！」

迷いなく返事をされ、千景はため息交じりに布団に横になった。

つかの間沈黙が訪れる。数時間前の公演中の熱気がウソのように、劇場内は静まり返っている。

しばらくして、咲也が口を開いた。

「……旗揚げ公演の時、春組がバラバラだったたって言いましたよね」

「ああ」

「みんな、出会って間もなくて、全員演劇初心者で、でも、なんとか期限までに公演を成功させなくちゃいけなくて……本当にあの時は大変でした。そんな時に、雄三《ゆうぞう》さんに舞台のことを何もわかってないって言われて、舞台の上で寝てみることにしたんです」

「なんでそうなるんだ」

千景から冷静に突っ込まれて、咲也が噴《ふ》き出す。

「あはは、今考えたら、変ですよね。でも、その時はただ必死で、それしか思いつかなかったんです。そうしたら、みんなが付き合ってくれて、不思議とその夜からみんなの息が合うようになったんです。一体感っていうんでしょうか。そういうものを感じられるようになったんです」

懐《なつ》かしそうに旗揚げ公演の頃の思い出を語る咲也の声を、千景はじっと聞いていた。

「第二回公演は『不思議《ふしぎ》の国のアリス』を題材にした舞台でした。主演が真澄くんで、準主演が至さん」

「へえ……」

「もともとあんまり気が合わない二人で、舞台の上でもなかなか掛《か》け合《あ》いがうまくいかなくて……。でも、それじゃダメだと思った至さんが、いきなり真澄くんを学校まで連れ出しに来たんです」

「茅ヶ崎が……？　意外だな」

「ですよね！　でも、その日から、二人の掛け合いが変わりました。なんでも二人はゲームセンターに行ったらしくて、お互《たが》いわかり合えないことがわかったって言ってたけど……」

「意味がわからない」

千景が眉《まゆ》をひそめると、咲也がにこにこしながら何度もうなずく。

「オレも最初はよくわからなかったんですけど、きっとお互いの存在をきちんと認め合ったんだと思います。第三回公演は綴くんが主演の舞台でした」

「ああ、それは観《み》たよ。錬金術師《れんきんじゅつし》の話だろう」

「そうです！　観に来てくれたんですね。あの舞台は綴くんがものすごいスランプで苦しんでました」

「へえ？」

「どうしても結末が思い浮かばなくて、公演ギリギリに決まったんです」

「そんな風には見えなかったな」

「準主演のシトロンさんが綴くんが思《おも》い詰《つ》めないように支えたり、セリフ回しも頑張《がんば》ってくれて……。毎回、公演が成功してるように見えたとしても、それは簡単にできたことじゃないんです。みんなが苦しんで、がんばって、乗り越えた結果なんです。今まで最初から最後までうまくいったことなんて、一度もなかった。でも、千秋楽にはいつもみんなで一つになって、最高のお芝居《しばい》をすることができた」

咲也は一つ一つの公演を噛《か》み締《し》めるように目を閉じた。

直後、目を開けると、くるりとうつ伏《ぶ》せになって千景を見つめた。

「だから、今回も大丈夫です。千景さんは稽古でも最初からお芝居が上手だったし、何より今は、相手を見て芝居ができてる。ちょっと調子を取り戻せていないだけです」

確信に満ちた咲也の目から逃れるように、千景は天井《てんじょう》を見上げる。

「そういう問題じゃないと思うけど……もう俺には、以前の稽古の時のような芝居はできないと思う。大切な人に託《たく》された思いを、ずっと裏切ってしまっていた。その事実を知ってから、色んな感情があふれて制御《せいぎょ》できない。自分自身を許せなくて自己嫌悪《じこけんお》で情緒《じょうちょ》不安定だし、ずっと覆《おお》い隠《かく》していた感情のせいで心が揺れるんだ」

千景は自らの手のひらを顔の前に掲げると、じっと見つめた。

「オズワルドを演じていても、オズワルドの感情がどんどん流れ込んでくるみたいで苦しい。今の状態では、感情を冷静に制御して、ポーカーフェイスを貫《つらぬ》く詐欺師《さぎし》の役はできないだろう」

「そんな――」

「せっかく、ここまでがんばって作り上げてきた春組の評判を、どん底まで落としちゃっていいの？」

千景がいつになく弱々しい調子でたずねると、咲也が首を横に振る。

「……もちろん、いいわけありません」

「だったら――」

「でも、そんなことより、大事なことがあるんです。舞台の成功よりも、もっと大事なことが……」

「大事なこと？」

千景が聞き返すと、咲也は再び仰向《あおむ》けになり、照明が落ちた暗い天井を見つめた。

「……オレは、幼い頃に両親を亡《な》くしました。それ以来親戚《しんせき》の家を転々として、ずっと借り物の家に居候《いそうろう》してるような気持ちで、居場所がありませんでした。『家族』っていうものがどういうものなのか、わからなかった。オレにとっては、それこそ舞台の上にいる親戚の家族を客席から見ているような感じで……。『家族』っていうのはオレにとって遠い存在でした」

咲也は淡々《たんたん》と語ると、大道具の方へと視線を移した。

「ただ、舞台の上に立って、自分の役をもらって、劇の中に入ることで自分の居場所があるって感じることができた。それが、オレが演劇を始めた理由です。でも、この劇団に入って、みんなと過ごして、舞台の上だけじゃなく劇団の中に居場所を見つけることができた。オレが客席から見てた家族の一員にオレも初めてなれた気がした。千景さんにもそのことを知ってほしいんです」

咲也が優しいまなざしで舞台を見つめる。劇団が家族であり、寮《りょう》が家である咲也にとって、劇場もまた家の一部だ。

千景は咲也の想いを感じ取ったかのように、瞼《まぶた》を閉じた。

「そうか……お前も、同じか……」

「千景さんの居場所は、誰にも奪《うば》われません。ここにあります」

「居場所……」

千景の声が小さく消え、呼吸が深くなっていく。

「……おやすみなさい。千景さん」

咲也がつぶやくと、間もなく千景の寝息《ねいき》が漏《も》れ始めた。

翌朝早く、朝練のために春組メンバーが劇場に集まり始めた。

真澄があくび混じりに舞台袖に現れると、続いてシトロン、綴が顔を出す。

「ハム切って朝練するヨ～！」

「張り切って、な」

最後に現れた至が、舞台の上で眠《ねむ》る二人に気づいて首をかしげた。

「二人だけズルいネ～！　布団もぐり込んで、寝起《ねお》きドッキリするヨ～！」

シトロンがうれしそうに二人の布団の間にもぐり込む。

「……こいつらが寝てるなら、俺も寝る」

「じゃあ、俺も……おやすみ」

真澄と至が布団の端《はし》に座ると、瞼を閉じる。

「おいおい！」

綴が思わず突っ込むが、あっという間に寝息の数が四つに増えた。

「……はあ。っていうか、一人じゃ稽古できないだろ」

綴も諦《あきら》めたようにその場に座り込んだ。


「おはよう～！」

いづみは元気よく挨拶《あいさつ》しながら、劇場の舞台袖から顔を出した。

と、舞台に寝転《ねころ》がる六人の姿を見つけて、ぎょっとする。

「みんな、なんで寝てるの!?　しかも二組の布団で……」

二組の布団で窮屈《きゅうくつ》そうに雑魚寝《ざこね》をしている様子を見て、首をかしげる。

（あちこちから脚とか手がはみ出すぎて、なんか合体しちゃった変な生き物みたいになってる）

ふと、その中に千景の顔があるのに気づいて、視線を留《と》める。

千景は穏やかな寝顔《ねがお》で、寝息を立てていた。

（人と一緒だと眠れないって言ってたのに、眠れたんだ……良かった）

自然と顔をほころばせた時、千景のまつげが震《ふる》えて、目を開けた。

「おはようございます」

にっこりと笑ういづみの顔を見た後、ゆっくりと辺りを見回して、眉根《まゆね》を寄せる。

「何だこの状況は……」

「……むにゃむにゃ」

体を起こそうとすると、シトロンの腕《うで》が絡《から》まっていて動けない。

「――っ離《はな》せ」

「しっかり絡みついてますね。何故《なぜ》かスマホ向けたまま……」

シトロンの手のスマホの画面はカメラモードになっていた。

「はあ……」

ため息をつきながらも、振り払うでもなく諦めている千景を見て、いづみが笑みを漏らす。

「千景さん、みんなと眠れたんですね」

いづみの言葉を聞いて、千景がわずかに目を見開いた。

そして、ふ、と観念したような笑みを浮かべる。

「……頭より先に、体が認めちゃったのかもね」

(きっと、千景さんにとって、みんなのそばが安らげる場所だって気が付けたんだ……)

春組メンバーを受け入れたという千景の変化が、いづみには何よりうれしかった。


それからは、連日公演の合間を縫《ぬ》って稽古を重ねた。公演中とは思えないほどの密度で、全場面の見直しを行う。食事休憩《きゅうけい》しかとらない状態でも集中力を保ったまま、開演を迎えるということを繰り返していた。

「そろそろ劇場の方に行かないと間に合わないね」

いづみが時計を確認して、芝居を止める。千秋楽の開場時間が迫《せま》っていた。

「開演ギリギリまで稽古するなんて、初めてですね！」

「いい感じで体温まったネ！」

まったく疲《つか》れの色が見えないどころか、充実《じゆうじつ》した様子で咲也とシトロンが笑顔を浮かべる。

「監督《かんとく》さんを筆頭にこの劇団の人間はバカばっかりだな」

「演劇バカはほめ言葉っす」

千景があきれたようにつぶやくと、綴が微笑みながら答えた。

いづみはそんなやり取りを、じっと見つめた。

公演の合間にみっちり稽古を重ねたおかげで、千景の演技はどんどん良くなっていた。

(前と同じくらい……ううん、前よりもずっといい。他のみんなと息が合ってきて、舞台に一体感が生まれてる。リピーターも多くて、お客さんも新人の千景さんの演技の変化を楽しんでくれてるみたいだし……あとは千秋楽を走り抜けるだけだ！)

いづみは気合いを入れ直すと、春組メンバーと共に劇場へ向かった。

着替《きが》え中でバタバタしている楽屋に、花束やギフトボックスを抱えた支配人が顔を覗《のぞ》かせた。

「卯木《うつき》くん、差し入れここに置いときますね～！」

「もう置くところないんだけど……」

千景の鏡前《かがみまえ》にうず高く積まれていた箱に、さらに箱が重なり、鏡が見えないほどに花束が置かれる。

「すごい花束とプレゼントの数ですね」

感心したように咲也がつぶやくと、千景は困惑《こんわく》した表情を浮かべる。

「いらないいなら、金目《かねめ》の物だけ私が引き取りましょうか！」

「なんでだよ」

「こっそり懐《ふところ》に入れるな」

支配人がいそいそとポケットに何か詰め込むのを見て、綴と真澄が突っ込んだ。

「ほんと千景さん、あっという間に大人気っすね」

「カッコ良くて舞台映《ば》えするし、お芝居もどんどん良くなってますもんね！」

綴に続いて咲也が千景をほめる。その言葉通り、公演を重ねるごとに、差し入れの数は右肩《みぎかた》上がりに増えていった。

「この間、雄三さんが観に来てくれて、千景さんのことほめてたよ。見違《みちが》えたって」

「……それは良かった」

いづみの言葉を聞いて、千景がわずかに表情を和《やわ》らげる。

「いよいよ千秋楽、お客さんの期待も高まってるし、気合い入れていかないとですね！」

「一番いい芝居にしないとな」

咲也が両手の拳を握《にぎ》り締《し》めると、綴もうなずく。

「最後だし、よろしくお願いしますよ、先輩」

「プレッシャーかけるなよ」

至に肩を叩かれた千景が苦笑いを浮かべた。

「別に、いつも通りでいい」

「そうですよ。今の千景さんは、今までよりもずっといいお芝居してますから、自信持ってください！」

淡々と告げる真澄に、いづみが続く。

と、ドアがノックされた。

「はい」

いづみがドアを開けると、入ってきたのは冬組メンバーだった。

「お邪魔《じゃま》します」

「春組のみんな、調子はどうかね」

「差し入れ持ってきたよ」

紬《つむぎ》に続き誉《ほまれ》が軽く手を上げると、東《あずま》がどら焼きで有名な和菓子《わがし》店の袋《ふくろ》を見せる。

「ありがとうございます！」

咲也がうれしそうに差し入れを受け取った。

「調子上がってきてるみたいだし、千秋楽、楽しみだな」

丞《たすく》がエールを送ると、綴が照れたようにうなずいた。

「そうっすね。あとは、やりきるだけっす」

「頑張れ、エイプリ……」

言いかけた密《ひそか》の口をとっさに千景が手でふさぐ。

「もが……」

「……ふざけるなよ？」

千景が笑顔で牽制《けんせい》すると、聞いていた真澄が首をかしげた。

「エイプリ？」

「さては、エイリアンの言い間違いネ～！　ちょっちょちょちょちょいダヨ！」

「おっちょこちょい、な！」

シトロンの言い間違いを綴が素早く訂正《ていせい》する。

「言い間違いを正しながらも言い間違えるシトロンクオリティ」

「そもそもエイリアンって意味がわからないし」

至の突っ込みに、綴がつぶやく。

「エイプじゃない？」

「エイプ？　あだ名か？」

「猿《さる》……」

東がふわりと微笑むと、丞と真澄がいぶかしげな表情を浮かべる。

千景が大きくため息をつくと、密がぽつりとつぶやいた。

「……千景、猿だって」

「お前のせいだろう」

非難がましい目で、密を睨《にら》む。そのやり取りを見ていた咲也が、驚いたように目を丸くした。

「やっぱり千景さんと密さんって、仲が良かったんですね。隠《かく》さなくても良かったのに……」

「そういうことじゃ……もういい」

千景が疲れた表情で首を横に振ると、丞が同情の目で見つめた。

「まあ、御影《みかげ》相手じゃ苦労してたんだろうな」

「同じ立場として、よくわかるよ、千景くん！　そうだ、同病相憐《あわ》れむ詩を捧《ささ》げよう――！」

「……アリスに苦労してるのはオレ」

誉の言葉を密が遮《さえぎ》ると、千景が感心したような目を向けた。

「お前を苦労させるとは、相当だな」

「むむ！　誤解を招くような説明はやめたまえ！」

「まあまあ、いいじゃない、誉」

憤慨《ふんがい》する誉を、東がなだめる。

「事実だしな」

「丞くんまで！」

「火に油を注いでどうするの」

紬が苦笑《くしょう》交じりにたしなめた。

「にぎやかなのは春組だけじゃないな」

軽口を叩き合う冬組の様子を千景が眺めていると、綴がぶんぶんと片手を振る。

「いや～、まだまだ上がいますよ」

「にぎやかといえば、夏組ですよね！」

「まだ上がいるのか……」

にこにこと咲也が告げると、千景がつぶやく。

「チカゲ、めんどり顔ネ～！」

「めんどり顔……？」

千景が首をかしげると、至と真澄も不思議そうな顔をする。

「面倒《めんどう》そうな顔？」

「うんざり顔？」

「正解ダヨ！」

千景はやれやれとばかりにため息をついた。その表情に、もう取《と》り繕《つくろ》ったような様子は一切ない。

いづみは千景が他の団員たちと雑談に興じる姿を見て、顔をほころばせた。

（千景さん、最初に劇団に来た時とは全然表情が違う。仮面が取れて、肩の力が抜けたみたいにリラックスしてる。自然な感情を見せてくれるようになった。本当に良かったな……）

開演の時間が近づき、舞台袖にメンバーが集合した。

「いよいよ千秋楽本番ですね！」

咲也が興奮した様子で目を輝かせる。緊張よりも、期待に満《み》ち溢《あふ》れていた。

「……千秋楽くらい、座長からなんかないんですか？　先輩」

至がからかい半分に千景に声をかけると、千景がしれっと答える。

「そういや、俺が座長なんだっけ」

「そうっすよ！」

綴が突っ込むと、千景は少し考えた後に口を開いた。

「えー、皆《みな》さんには散々《さんざん》ご迷惑をおかけしましたが……人に借りを作ったままでいるのは性分《しょうぶん》に合わないんだ。千秋楽できっちり返すから」

堅苦《かたくる》しい口調を崩して、にやりと笑う。

「最後までふてぶてしいネ！　さすがチカゲダヨ！」

「それ、ほめてるのか？」

笑顔で告げるシトロンに千景がたずねると、真澄と至がうなずく。

「ほめ言葉」

「だな」

「……それは、どうも」

咲也はにこにこと微笑むと、千景の肩を叩いた。

「千秋楽、楽しみましょう！」

第7章 エメラルドのペテン師

アメリカ、ネブラスカ州オマハ。

連続詐欺《さぎ》事件の犯人として指名手配されていた根っからの悪党オズワルドは、とうとう警官たちに追《お》い詰《つ》められようとしていた。

『もう逃げられないぞ、オズワルド！　お前はすでに包囲されている！　大人しく出てこい！』

『ふん。誰《だれ》が捕《つか》まるか』

『な――気球だと!?』

『追え！　逃がすな！』

呆気《あっけ》にとられる警官たちをしり目に、オズワルドは気球に乗って空高く舞《ま》い上《あ》がる。

『やれやれ。しばらくはどこかに身をひそめるか』

『ん？　何だあれは――』

オズワルドが目にしたのは、家々を吹き飛ばし、街路樹をなぎ倒して近づいてくる巨大《きょだい》な竜巻《たつまき》だった。

『竜巻だと――!?』

あっという間に竜巻に巻き込まれ、気球は木の葉のように舞い上がる。

『くっ――』

オズワルドの気球はコントロールを失い、吹き飛ばされるままに不思議な魔法《まほう》の国にたどり着く。

『あなた様はどなた様ですか？』

不時着した気球から這《は》い出たオズワルドはリックという少年に出会う。

『私の名はオズワル――オズだ』

『オズ様……大魔法使《だいまほうつか》いオズ様！』

『魔法使い？』

『先ほど空を飛ぶ魔法を使っておられました！』

『ああ、あれは――』

オズワルドはそこでふと言葉を止めると、独《ひと》り言《ごと》のようにつぶやいた。

『……いや、待てよ。ここは話を合わせておくか』

そんなオズワルドの顔を不思議そうにリックが覗《のぞ》き込むが、オズワルドはわざとらしく咳払《せきばら》いをしてごまかす。

千景《ちかげ》と咲也《さくや》のやり取りは、最初の頃《ころ》に比べると格段にテンポが良くなっていた。アイコンタクトでタイミングを計り、コミカルな芝居《しばい》に仕上げている。

『我こそは偉大《いだい》なる魔法使い、オズ』

『オズ様、どうぞこの国をお救いください！』

リックは祈《いの》りをささげるかのように両手を組んだ。

『この国の西と東の土地は悪い魔法使いが治めていて、いつこの平和な街に手を伸《の》ばしてくるとも限りません。どうか悪い魔法使いを倒してください！』

行く当てのないオズワルドは、リックを利用するつもりで頼《たの》みを引き受ける。

そして、街の住人たちに魔法を見せてほしいと頼まれると、まず自分が住むための都《みやこ》を建てるように指示をした。

都が建つと、オズワルドは都がエメラルドになる魔法をかけると言い放つ。

『そのメガネをかけて目を開けるがよい』

オズワルドに言われるがままに緑のグラスをかけたリックたちが、目を見開く。

『都が緑色に――!?』

『さよう。私の魔法ですべてエメラルドに変えた。これより、この都はエメラルドの都とする』

仰々《ぎょうぎょう》しい仕草でオズワルドが宣言する。

『エメラルドの都……！』

『すごいです、オズ様！』

住人やリックが感激したように目を輝《かがや》かせた。

『オズ様万歳《ばんざい》！　エメラルドの都万歳！』

あちこちから称賛《しょうさん》の声があがるのを聞いて、オズワルドはバカにしたように鼻を鳴らした。

『こんな子供だましの手にひっかかるのか……』

ペテンを魔法と信じさせたオズワルドは、それから都で悠々自適《ゆうゆうじてき》な生活を始める。

『いや～極楽、極楽。今は警察の追跡《ついせき》もあるだろうし、ほとぼりが冷めるまではここでのんびりするかな』

『オズ様、そろそろ――』

遠慮《えんりょ》がちにリックが声をかけると、オズワルドが億劫《おっくう》そうに返事をする。

『……そろそろ？　何の話だ？　ああ、そうか。そういえば悪い魔法使いを倒《たお》してほしいとか言ってたっけ』

オズワルドは独り言のようにぶつぶつつぶやくと、ぷいっと顔をそむけた。

『今日はどうもお腹《なか》の具合がよくない』

また別の日——。

『オズ様、今日はいかがでしょうか』

『今日は頭の調子がよくない』

またまた別の日——。

『オズ様、今日は——』

『今日はどうもメガネの調子がよくない』

これまた別の日——。

『オズ様、今日こそはお願いいたします！』

『ふう……仕方がないな。では旅支度《じたく》として、あれとこれとそれとそれからあれこれを揃《そろ》えてくれ』

『かしこまりました！』

あれこれ言い訳をして、ぐずぐず出発を引き延ばしていたオズワルドも、とうとう悪い魔法使いを倒すために重い腰《こし》を上げた。

『オズ様、旅支度も整いましたし、西と東の魔法使い退治に出発しましょう！』

『うむ。お前は都で待っているといい』

オズワルドはあれこれ用意させた荷物をリックから受け取ろうとするが、リックは渡そうとしない。

『私も共に参ります！　どうぞオズ様の弟子《でし》にしてください！』

『ダメだ。危険な旅になる』

『連れて行ってくださるまで、この旅支度は渡しません！』

『もしや、私が途中《とちゅう》で逃げ出すと疑っているのか？』

『まさか！　危険な旅だからこそ、私を盾《たて》にするなり何なりお使いください！』

『……わかった。ついてくるがいい』

オズワルドは不承《ふしょう》不承《ぶしょう》うなずくと、ぼそっとつぶやいた。

『途中でまけばいいか……』

『オズ様、どちらへ行かれるのですか？　西はこっちですし、東はあっちです』

『まずはいい魔法使いだという北の魔法使いと南の魔法使いに助力を頼みに行く。確実に倒すには助けが必要だ』

『なるほど。すばらしいお考えです！』

途中でトンズラしようとしていたオズワルドの計画は、リックによって絶たれてしまう。

オズワルドは仕方なく、途中でリックをまくための時間稼《じかんかせ》ぎとして、善《よ》き魔法使いたちに会いに行くことにした。

『北の魔法使いよ。私の名前は大魔法使いオズ』

『オズ？　新しい魔法使いかな？　初めまして』

『住人に頼まれて東と西の魔法使いを倒す旅に出た。ぜひ助けを借りたい』

『なんと、勇敢《ゆうかん》な。私も微力《びりょく》ながら助太刀《すけだち》しよう。手を出したまえ』

北の魔法使いはオズワルドの手を取ると、片手をかざした。

『オズの魔法使いに北の魔法使いの祝福を……』

ぼうっと光が灯《とも》り、消える。

『これで君は誰からも傷つけられない』

『誰からも？』

『うむ。ただし、私よりも力の強い魔法使いについては話が別だ。東と西の魔法使いには効果がない』

『使えない……』

オズワルドがぼそっと悪態をつくと、北の魔法使いがすかさず、ずいっと耳を近づけた。

『何か言ったかな？』

『いや何も。では失礼』

恭《うやうや》しく一礼をすると、オズワルドは身を翻《ひるがえ》して去っていく。

北の魔法使いを演じるシトロンと千景のやり取りも、間合いのとり方、呼吸共にぴたりと合っていた。ただセリフを言い合っていた最初の頃とは雲泥《うんでい》の差《さ》だった。

シトロンのセリフ回しも、旗揚《はたあ》げ公演の時とは別人のように上達していた。千景と並んでも遜色《そんしょく》がない。

『南の魔法使いよ。私の名前は大魔法使いオズ』

『俺に何か用？』

『東と西の魔法使いを倒す旅に出ている。助力を頼みたい』

『俺には関係ない話だ』

『悪者を野放しにすれば、いずれ君にも危害を加えるかもしれない』

『わかったよ。じゃあ、あんたに祝福を』

南の魔法使いは投げやりに、手を振りかざした。途端《とたん》に光の帯が辺りを漂《ただよ》った。

『これはどんな効果が？』

『雨乞《あまご》いの祝福。日照りの時には役に立つ』

『はあ。どいつもこいつも使えない……』

オズワルドの悪態に、すかさず南の魔法使いが反応する。

『何？』

『いや、なんでも。では失礼する』

オズワルドは南の魔法使いの疑いの目から逃《のが》れるように、そそくさと去っていった。

真澄《ますみ》は以前に比べて舞台《ぶたい》の上で我《が》が出てくるようになっていた。ただ器用にこなすだけではなく、芝居に幅《はば》が出てきたおかげで、南の魔法使いの気取った感じもうまく表現していた。

道中、何度となくリックをまこうとしたオズワルドだがことごとく失敗し、仕方なく共に東の魔法使いの元へと向かうことになってしまう。

『東の魔法使いよ。私の名前はオズ』

『何だお前』

『最近中央の街に住み着いた者だ。貴殿《きでん》に忠告があってやってきた。西の魔法使いがあやしい動きをしている。どうも東の魔法使いの土地を奪《うば》おうとしているようだ』

『まさか。あいつが俺を裏切るはずがない』

『嘘《うそ》か本当かわかった時には遅《おそ》い。十分注意することだ』

オズワルドがもっともらしく告げると、東の魔法使いは考え込むようにうつむいた。

『……念のため守りは固めておくか』

疑心暗鬼《ぎしんあんき》にとらわれた東の魔法使いに、オズワルドが妖《あや》しくささやきかける。

『私が西の魔法使いがここに来られないように中央で防いでやろう』

『何？　本当か？』

オズワルドに疑いの目を向けながらも、結局言いくるめられてしまう東の魔法使い。

千景の本領発揮といえる場面だった。東の魔法使いに扮《ふん》する綴《つづる》も、揺《ゆ》れる内面をよく表している。

『オズ様、何の話をしていたのですか？　東の魔法使いを倒さなくていいのですか？』

『その必要はない。争えば多くの犠牲《ぎせい》が出る。なるべく穏便《おんびん》に済ませるべきなのだ』

『さすがです、オズ様！』

もっともらしく説明するオズワルドを、リックが手放しに称賛する。

そうして、オズワルドはリックを伴《ともな》って、最後の西の魔法使いに会いに行った。

『西の魔法使いよ。私の名前はオズ。東の魔法使いがここに攻《せ》めてくる気配がある』

『何？』

西の魔法使いは怪訝《けげん》そうに片目をすがめた。

『……たしかに、守りを固めてるみたいだな』

『わかるのか？』

『俺の目は片方しかないが、その分どこでも見ることができる』

『私が東の魔法使いがここに来られないように中央で防いでやろう』

オズワルドは東の魔法使いに言ったのと同じ言葉を繰《く》り返《かえ》した。

『お前が？　何故《なにゆえ》だ』

『強力な魔法使い同士が戦えば、この国全体に被害《ひがい》が及《およ》ぶからな』

オズワルドがそう説明すると、西の魔法使いは疑《うたが》うように目を細めた後、鼻を鳴らした。

『ふん。まあいい』

疑《うたぐ》り深《ぶか》い西の魔法使いと根っからのペテン師のオズワルドの腹の探《さぐ》り合《あ》いは、至《いたる》と千景だからこそ味わいのある芝居に仕上がっていた。キツネとタヌキの化かし合いとでもいうような掛《か》け合いが、いい緊張《きんちょう》感《かん》を生む。

オズワルドはエメラルドの都に帰還《きかん》すると、高らかに勝利を宣言した。

『西と東の魔法使いは私に服従を約束した。これ以降、このエメラルドの都は永遠に安泰《あんたい》だ』

『オズ様万歳！　エメラルドの都万歳！』

人心を摑《つか》んだオズワルドは、王様として振《ふ》る舞《ま》うようになる。

『オズ様、街の皆《みな》がオズ様にお願い事があると長蛇《ちょうだ》の列を作っています』

『お願い事？』

オズワルドが眉《まゆ》を顰《ひそ》める。

『面倒《めんどう》だな。適当に魔法使いの力を見せて黙《だま》らせるか……』

オズワルドは独りごちると、咳払いをしてリックにうなずいた。

『わかった。準備をするからしばらく待て』

オズワルドは様々なカラクリを作り上げると、自分の本当の姿を隠《かく》して住人たちと対面した。

ある時は巨大な獣《けもの》として――。

『オズ様！　どうか私を大金持ちにしてください』

『大金持ちになれ〜。これで、お前は毎日こつこつと貯《た》めれば十年の後に大金持ちになれる』

『ありがとうございます！』

またある時は巨大な頭だけの存在として――。

『オズ様！　どうか私を絶世の美女にしてください！』

『わかった。絶世の美女になれ〜』

『顔が変わっていないような……？』

『お前はすでに美しい心を持っている。それ以上美しくはなれまい』

『ありがとうございます！　オズ様！』

オズワルドは願いを叶《かな》えてほしいとすがってくる民衆を、カラクリと口八丁手八丁で騙《だま》しながら、貢《みつ》ぎ物《もの》を巻き上げていった。

『魔法使いは巨大な獣の姿をしていた』

『いえ、私が見た時は巨大な頭だけが浮《う》かんでいた』

『さすが偉大な魔法使いだ。その姿は変幻《へんげん》自在なんだ』

オズワルドの評判はうなぎのぼりだった。

そんなある日、カラクリの仕掛《しか》けをリックに見られてしまう。

『オズ様！　街はオズ様のウワサでもちきりですよ！』

『あ、だめだ、今入ると――』

『オズ様？　大きな頭を抱《かか》えてどうなさったのですか』

『あー、これはだな……』

『荷物なら皆に運ばせましょう。みんな――』

『やめろ！　わかった、正直に話そう。そろそろ魔法使いごっこも面倒になっていたところだ』

　不思議そうな顔をするリックを前に、オズワルドはぐしゃぐしゃと頭をかき混ぜる。

『俺は魔法使いなんかじゃない。今までの変身した姿というのはただのインチキだ。この巨大な頭も糸で操《あやつ》っただけだ』

『糸で頭を？？？　どういうことですか？？？』

『だからこうやって……』

『わあ、すごい！　さすがオズ様です！　頭が浮いてます！』

『いや、だから――』

『私にもいつかその魔法を教えてください！』

『……もういい』

　オズワルドはあきれたようにため息をついたが、その表情にはどこか後ろめたそうな様子が見《み》え隠《かく》れしていた。

　無意識に純真なリックに心を許しかけているオズワルドの様子が、芝居に表れている。千景はオズワルドの心の揺《ゆ》れを丁寧《ていねい》に表現していた。

　オズワルドの名声が国中にとどろいた頃、怪《あや》しんだ西の魔法使いから魔法勝負を持ち掛けられる。もう一巻《いっかん》の終わりだと、逃げ出す算段をつけるオズワルド。

出発しようとするオズワルドを、リックが心配そうに見送る。

『本当に行かれるのですか？』

『ああ。私が行かなくては、エメラルドの都が危ない』

『私もついて行きます！』

『……またか』

オズワルドはうんざりした表情でうなだれた。

『お前は危険だからここで待っていなさい……お前が来ると、途中で逃げられないからな』

後半はリックから顔をそむけて、心の声を漏《も》らす。

『いいえ。危険ならなおさら私も連れて行ってください』

『西の魔法使いは私に魔法勝負を挑《いど》んだのだ。二人がかりで来たと知ったら、怒《いか》り狂《くる》うだろう』

『では、まず弟子の私が行ってまいります』

『お前が？』

『一矢《いっし》でも報《むく》いれば、オズ様の戦いも楽になりましょう。私もお役に立ちたいんです。どうか私に魔法をお与《あた》えください』

『いや、でもな――』

『お願いいたします！』

オズワルドはしばらくためらった後、リックの真剣《しんけん》な表情に根負《こんま》けしたようにうなずいた。

『……では、お前に雷《かみなり》の魔法を授《さず》ける。《サンダー》と叫《さけ》んで手を一振りすれば、たちまち雷が相手を打ちのめすはずだ』

『サン――』

『馬鹿者《ばかもの》！　今唱えるな』

オズワルドが慌《あわ》てふためいてリックの口をふさぐ。今唱えられたら、ウソがばれてしまう。

『も、申し訳ありません！　では、行ってまいります！』

『この隙《すき》に逃げるか……』

オズワルドは去っていくリックの背中を見つめながらぽつりとつぶやいた。

が、迷った後、リックを呼び止める。

『――おい、待て』

『はい？』

『本当に行くのか？』

『はい！』

意気揚々《いきようよう》と出発するリックを、オズワルドが複雑な表情で見送る。オズワルドのリックに対する情と、罪悪感からの迷いが、その表情に表れていた。

『……馬鹿な奴《やつ》だ』

踵《きびす》を返してぽつりとつぶやいた声は、バカにするような調子ではなくどこか虚《うつ》ろだった。

そうしてオズワルドは密《ひそ》かに修理してあった気球に一人乗り込んだ。

『邪魔者《じゃまもの》もいないし、あとはこの気球で逃げ出すだけだ。快適だったが、これ以上の面倒はごめんだしな』

気球が浮かび上がり、エメラルドの都が徐々《じょじょ》に遠ざかる。

『あいつ、どうなっただろう』

都を見つめるオズワルドの表情は晴れない。

オズワルドは迷いに迷った挙句《あげく》、気球の進行方向を変える。

リックへの情があふれて揺《ゆ》れ動《うご》くオズワルドの感情が、千景のセリフや動作から見て取れる。千景が最初の頃、何度いづみに言われてもどうしてもできなかった演技……いづみがずっと見たかった、千景のオズワルドだった。

一方その頃、リックはオズワルドの弟子として、西の魔法使いに正面から勝負を挑んでいた。

『《サンダー！》』

リックが手を一振りするが、何も起こらない。西の魔法使いはぽかんとした表情で、リックを見つめた。

『《サンダー！》あ、あれ？』

焦《あせ》ったように手を振るリックを、西の魔法使いがあきれたように見つめる。

『何の真似《まね》だ』

『オズ様から魔法を授かったのです。この呪文《じゅもん》があれば、お前など——《サンダー！》』

何度繰《く》り返《かえ》しても、何も起こらない。

『お前は騙されたんじゃないのか』

『そんなはずありません！』

『大体、あいつは本当に魔法が使えるのか？』

『オズ様は大魔法使いです！　私たちを助けてくれました！　《サンダー！》』

『使えないじゃないか』

『これは、私の修行《しゅぎょう》が足りないからです』

リックはオズワルドを疑うことなく、真剣な表情で呪文を唱え続ける。

『《サンダー！》』

『どうでもいいが。今のうちにあいつに逃げられては困る。まずはお前に消えてもらおう』

『《サンダー！》』

『愚《おろ》かな』

西の魔法使いが憐《あわ》れみの表情を浮かべながら、手を掲《かか》げようとした時、気球に乗ったオズワルドが現れた。

『手の振りが違うぞ、リック』

『オズ様！』

『何……!?　空を飛んでいるだと』

『魔法勝負とやらに来てやったぞ』

『行け！　翼《つばさ》ザルたちよ！』

西の魔法使いが翼をもったサルのような手下たちを、オズワルドの乗る気球にけしかける。

『オズ様、危ない！　《サンダー！》』

『それはもういい』

オズワルドがあきれていると、ふと、翼ザルの攻撃《こうげき》がまったく効いていないことに気づいた。
『キー！　キー！』
『どうした、早くやれ！』
『そうか、北の魔法使いの祝福か。だとしたら……』
オズワルドは両手を天にかざすと、声を張り上げた。
『我にお前の攻撃は効かん！　見てろ、リック。魔法とはこう使うんだ。《サンダー！》』
オズワルドが叫んだ途端《とたん》、にわかに頭上にぶ厚い雲がかかる。
『急に雨雲が――――！』
『まさか、本当に雷を――――!?』
西の魔法使いが表情を変える。
『……雲だけだけどな』
オズワルドが小さくつぶやいた時、ぽつりと雨粒《あまつぶ》が落ち始めた。
『く――――っ、覚えていろ！』
西の魔法使いは悔《くや》しげに踵を返して逃げていった。
『すごいです！　オズ様！』
『うむ』

オズワルドは明らかにほっとした表情を慌《あわ》てて取《と》り繕《つくろ》うと、大仰《おおぎょう》にうなずく。

『やっぱりオズ様は大魔法使いです！』

『まったく……馬鹿な奴だ』

オズワルドが、今までになかった優しいまなざしでリックを見つめる。直後、はっとしたように背中を向けた。

『どうしたのですか、オズ様？』

『帰るぞ、リック』

『はい！』

リックを見つめるオズワルドの目は冒頭《ぼうとう》とまったく違っていた。常に斜《しや》に構え、抜《ぬ》け目《め》なく相手を探《さぐ》るような目だったのが、人としての優しさや情を思い出した目に変わっている。

西の魔法使いを撃退《げきたい》することに成功したオズワルドのうわさは、東の魔法使いの耳にも届き、エメラルドの都は中立地帯として平和を取り戻した。

『リック、この魔法使いオズを出現させるカラクリ――いや、魔法はお前に任せた』

『え？』

『私は自分の国に戻る』

『ええ!?　どうしてですか？』

『オズの魔法使いが健在だと思われている限り、東と西の魔法使いがここに来ることはないだろう。私の役目は終わった』

『そんな！　いつまでもここにいて、この国の王様になってください、オズ様！』

オズワルドは迷うように視線を揺らした後、くるりとリックに背中を向けた。

『……もうこの国にはうんざりなんだ。私はもっと面白《おもしろ》いことを探しに行く』

『そんな……』

『わかっただろう。だから、後はお前がオズとして――』

『ウソです！』

『何？』

オズワルドが驚《おどろ》いたように振り返る。

『そんなのウソです！　私にはわかります！　どうしてそんなウソをつくのですか』

『リック……こんな時だけ見破るのか』

『何故ですか、オズ様。教えてください！』

リックに気圧《けお》されたように、オズワルドが本音を絞《しぼ》り出す。

『……国にやり残したことがあるのだ。私は行かねばならない』

『やり残したこと……』

リックはオズワルドの真意を受け止めたのか、静かにうなずいた。

『わかりました。オズ様の助けを待つ人たちがいるのですね。行ってください』

『……うむ』

『私も、この国の皆もオズ様のお帰りをいつまでも待っていますから』

リックに笑顔《えがお》を向けられ、オズワルドが一瞬《いっしゅん》言葉を失う。そして、表情を隠すように顔をそむけた。

『もう行かなくては。私がいなくなったことは誰にも悟《さと》られないようにな』

『――はい』

オズワルドが気球に乗り込むと、静かに浮かび上がる。

『オズ様ー！　どうかお達者でー！』

上昇《じょうしょう》して、どんどん小さくなるオズワルドに、リックが大きく手を振った。

『ばれないようにって言っただろう。まったく。馬鹿者が』

リックを見下ろすオズワルドが苦笑《くしょう》を浮かべる。

直後、オズワルドの動きが止まった。

セリフが飛んだのでは、と一瞬いづみが心配になるほどの間《ま》が空く。

が、オズワルドは何かを思い出すように遠くを見つめていた。その表情はどこまでも穏《おだ》やかで、オズワルドが犯罪に手を染める前の、幸せな過去を暗示していた。罪への後悔《こうかい》と自分を取り戻した安堵《あんど》からの満ち足りたような幸せな笑《え》みが、口元に浮《う》かぶ。

『馬鹿は俺も同じか……すっかりうつってしまった』

オズワルドが独りごちる。自嘲《じちょう》のようだったが、そこに後悔の色はなく、清々《すがすが》しさがにじんでいた。

客席から観《み》ているいづみには、千景が今、オーガストのことを思い出しているように感じられた。

国に戻ったオズワルドは、まっすぐに警察署へと向かった。

『失礼』

『む？　どうしたのかね？』

『自首をしに来た。指名手配されてるオズワルドだ』

『オズワルドだと⁉　連続詐欺事件のオズワルドか⁉』

『ああ』

『た、逮捕《たいほ》する！』

静かに警察官の前に両手を差し出すオズワルドの目は、どこまでも澄《す》んでいた。

それから長い年月が過ぎ、ドロシーという少女がオズの国にやってくる。

『オズ様、ご報告いたします。東の魔法使いを倒したドロシーが西の魔法使いも倒したそうです』

『西の魔法使いを……』

カラクリに隠れていたリックが、オズとして返事をする。

『謁見《えっけん》を望んでいますが、どうなさいますか？』

『通してくれ』

『は！』

『オズ様、東と西の魔法使いが倒されました。エメラルドの都に真の平和が訪《おとず》れましたよ。早く戻ってきてくださいね、オズ様……』

祈るようなリックの背後、遠くから小さな気球の影《かげ》が近づいてくる。

そして、静かに幕が下りた。

一瞬の沈黙《ちんもく》の後、劇場を震《ふる》わせるほどの拍手《はくしゅ》が湧《わ》き起こる。

「最後のオズワルド、すごく良かったね！」

「なんかわかんないけど、もらい泣きしちゃった……！」

「私も！」

客席のあちこちで涙《なみだ》をぬぐう姿が見られる中、再び幕が上がり、舞台上がライトに照らされる。

「ありがとうございました！」

「ありがとう」

「ありがとうダヨ～！」

「ありがとう」

「ありがとうございました～」

「ありがとう～！」

春組のメンバーが一斉《いっせい》に頭を下げる。その表情は、どれも達成感にあふれていた。

（千景さん、晴《は》れ晴《ば》れしいすっきりした顔してる。本当に良かった……！）

いづみもそっと目元をぬぐった。

関係者席の隅《すみ》に、密《ひそか》の姿があった。

光の下で喝采《かっさい》を浴びる千景を、優しい目つきでじっと見つめる。

「……オーガスト、ずっとずっとありがとう。オレはエイプリルと、新しい人生を生きていく」

密の小さな声が、拍手の渦《うず》の中に溶《と》けていった。

終章　家族だから

「改めて、春組《はるぐみ》第四回公演、お疲《つか》れさまでした！」

全団員が集まる談話室の真ん中で、いづみが声をあげた。

「お疲れさまでした～！」

「お疲れ」

「おつおつ」

「おつカレーダヨ！」

咲也《さくや》に、真澄《ますみ》、至《いたる》、シトロンと続く。

「それでは、乾杯《かんぱい》の音頭《おんど》を――」

「乾杯の前に一言いいかな」

いづみの言葉を千景《ちかげ》が途中《とちゅう》で遮《さえぎ》る。

「一度、きちんとみんなに謝《あやま》っておきたいんだ」

「千景さん……」

千景はいつになく真剣《しんけん》な表情で姿勢を正すと、深々と頭を下げた。

「稽古《けいこ》途中で姿を消して、みんなに迷惑《めいわく》をかけたこと、本当に申し訳なかった。春組のみんなにはもちろん、他の組のみんなにも心配や迷惑をたくさんかけたと思う。公演中も、遅《おく》れを取り戻すためにかなり無理をさせてしまった。春組のメンバーには、どんなに感謝してもしきれない」

「気にしないでください」

「いつもこんなもんっすよ」

咲也と綴《つづる》が笑顔《えがお》で首を横に振《ふ》る。

「姿を消していたことについても、改めて俺から本当のことを説明したいと思う」

いづみは、はっとした表情で千景を見つめた。

「気づいてるとは思うが、海外出張とウソをつき、監督《かんとく》さんをさらって稽古に出られない状態にしたのは俺だ」

左京《さきょう》が無言で千景の言葉を受け止める一方、天馬《てんま》は目を見開く。

「……何!?」

「お前、気づいてなかったのかよ」

万里《ばんり》があきれた様子で天馬を見やった。

「なんでそんなことをした」

左京の問いかけに、千景が静かに語りだす。

「俺は物心ついた頃には両親がいなかった。唯一《ゆいいつ》の家族は年の離《はな》れた妹一人だけだった。俺は妹を育てるために、金になることは何でもやった。それこそ法に触《ふ》れることも、何でも……何の力もない俺が学費や生活費を稼《かせ》ぐためには、それしか方法がなかった。幸い、なんとか妹を無事に成人まで育て上げることができた」

「……大変だったな」

左京がわずかに同情をにじませる。

「その妹が、今度インドに嫁《とつ》ぐことになってな……。相手の男性はしっかりした青年で何の問題もないんだが、向こうの両親に反対されている。自分たちを納得《なっとく》させられるカレーを期限までに作れなければ、嫁《よめ》とは認めないと突然《とつぜん》言われてな」

「なんか雲行きが……」

「とりあえず最後まで聞いてみようぜ」

綴が複雑な表情を浮かべると、万里が肩《かた》をすくめる。

「妹はたった数日でアルティメットカリーを作らなければいけなくなった。泣きつかれて、俺も知恵《ちえ》を絞《しぼ》ったが、いまだにアルティメットカリーの味は再現できていない。頼《たよ》れるのは監督さんしかいなかった。でも、向こうの両親が国に帰る期限まで時間がない。だから、悪いとは思ったが、無理やり――」

左京の顔からさっきの同情はすっかり消え失《う》せ、あきれの表情が浮かんでいた。

「まさか、そんな事情があったなんて……」

「ううっ、泣かせるッス！」

「そんな……言ってくれたら、協力しましたよ！」

天馬と太一《たいち》、咲也が目を潤《うる》ませている一方、左京は疑いの目で密《ひそか》にたずねた。

「おい、本当か？」

「……ウソ」

「だよな」

密が短く答えると、綴が脱力《だつりょく》した様子でがっくりと頭《こうべ》を垂れる。

「この期に及《およ》んでウソとか……千景さん、マジ、千景さん」

「心臓に剛毛《ごうもう》が生《は》えてるとしか思えない」

万里と至が妙《みょう》な感心の仕方をしていると、千景が密を軽く睨《にら》んだ。

「ばらすなよ」

「っていうか、本当に反省してるんすか」

綴があきれた様子で問いかけると、千景はわずかにバツの悪そうな表情でうなずいた。

「ああ。謝罪の気持ちだけは本当だ。ちょっと詳《くわ》しくは言えない事情があってね」

「まったく……」

それならそうと言ってくれと、綴は諦《あきら》めたようにため息をつく。

「えーと、それでは、改めて、千景さん、乾杯の音頭をお願いします！」

気を取り直すようにいづみが声をかけると、千景がグラスを掲《かか》げる。

「本当に申し訳なかった。そして、ありがとう。千秋楽《せんしゅうらく》の今日は、俺にとって久しぶりに幸せな一日だった」

「千景さん……」

暗闇《くらやみ》の中からようやく解放されたような、しみじみと実感のこもった千景の言葉を聞いて、咲也がうれしそうに微笑《ほほえ》む。

「ＭＡＮＫＡＩカンパニーに心からの感謝を込めて……乾杯」

千景の穏《おだ》やかな笑顔に、偽《いつわ》りはもうない。すべてを語ることのできない千景の気持ちは、その場にいた団員たち全員に伝わっていた。

「乾杯！」

「かんぱーい！」

「お疲れ。」

咲也に続いて三角《みすみ》、臣《おみ》がグラスを掲げる。

「オズワルド、良かったぞ」

「カッコよかったよん！」

天馬と一成《かずなり》が千景にグラスを向けた。

「お疲れさまでした、千景さん」

「監督さんもお疲れ」

いづみと千景がグラスを軽く合わせる。

「あんな説明で良かったんですか？」

「……世の中には知らない方がいいこともある」

いづみがそっと問いかけると、千景はふと真顔になり、声をひそめた。

（前に聞いた組織の話……）

「真実は、弱点にもなる。もし、密が生きていることが組織に知られたら、正体を知る人間は危険にさらされる。そうならないためにも、俺が全力でこの劇団の人間を守る」

ウソのない真摯《しんし》なまなざしで、談話室に集《つど》う団員たちを見回す。

（千景さんなりに、みんなのことを思ってくれてるんだ……）

いづみは胸の辺りがじんわりと温かくなるのを感じた。

「何、こそこそしてるんですか」

「ずるい」

至と真澄を筆頭に、春組メンバーがいづみたちに近寄ってくる。

「千秋楽、最高でしたね。みっちり稽古詰《つ》め込《こ》んだ分、やり切ったって感じでした」

「疲れたけど、楽しかったヨ～！」

綴とシトロンが満ち足りた笑顔を浮かべる。

「千景さん、やっぱり大丈夫《だいじょうぶ》でしたね！」

「そうだね」

劇場での会話を指す咲也に千景はうなずくと、ポケットからコインを取り出した。

「咲也、コイン勝負してみる？」

「はい！　もう、コツを摑《つか》んだので、負けませんよ！」

意気込《いきご》む咲也の目の前で、コインを弾《はじ》き、両手でキャッチする。

「……はい。どっちに入ってるでしょう」

「……え～と、右！」

うろうろと視線をさまよわせた結果、咲也が答える。

千景は笑顔のまま両手を開いた。

「ハズレ」

コインは左手の上に載《の》っていた。

「あ、あれ⁉」

間髪《かんはつ》入れずにもう一度コインを放り、キャッチする。

「……はい、次は？」

「……ううーんと、左！」

「ハズレだね」

コインは千景の右の手のひらの中にあった。

「ええ⁉」

ショックを受ける咲也の目の前で、もう一度コインを投げる。

「……次は？」

「左……ですか？」

「ハズレ」

面白《おもしろ》いほどに、咲也の答えとは反対の手の中にコインがあった。

「あれ？　コツを掴んだと思ったんですけど……やっぱり千景さんは強いですね」

咲也が恥《は》ずかしそうに笑うと、千景はゆっくりと首を横に振った。

「……いや、お前には敵《かな》わないよ」

「え？」

「なんでもない」

千景があいまいにごまかした時、スマホの着信音がどこからか聞こえてきた。

「真澄、鳴ってるぞ」

綴に指摘《してき》されて、真澄がスマホを確認《かくにん》する。

その目がわずかに見開かれた。

「……もしもし」

『真澄か？　千秋楽、観《み》たぞ』

電話口から聞こえてきたのは、父である岬《みさき》の声だった。

「え……」

『時間がなくて、公演が終わったあと空港に直行したから挨拶《あいさつ》もできなかったが……なんというか、息子《むすこ》が舞台《ぶたい》に立つ姿を見るっていうのは、不思議な感じだな。こっちが緊張《きんちょう》するような……発表会を見に行く親の気持ちっていうのは、こういうものかもしれんな』

照れたような笑い声が聞こえてきて、真澄の顔がほころんだ。

「……うん」

『まあ、その、なんだ、がんばれよ。次はおばあちゃんと観に行くから』

「……わかった」

通話が切れた後も、真澄はしばらくスマホの画面を見つめていた。

「誰《だれ》からだったの？」

「……父親」

いづみの問いかけに、真澄がスマホをしまいながら答える。

「もしかして、公演観に来てくれたの？」

「うん」

「良かったね、真澄くん！」

「……アンタのおかげ」

そう告げる真澄の表情は明るい。

(真澄くん、すごくうれしそう……これから少しずつでもお父さんとの関係が変わっていけばいいいな)

いづみは真澄に微笑みかけながら、そう思った。

窮屈《きゅうくつ》な談話室に団員たちが入り混じる中、冬組《ふゆぐみ》メンバーは自然とソファに集まっていた。

「なんとか丸く収まって良かったね」

「ったく……世話が焼ける新人だったな」

紬《つむぎ》が笑《え》みを浮かべながらグラスを傾《かたむ》けると、丞《たすく》がやれやれといった調子でつまみに手を伸《の》ばす。

「でも、丞は代役やるの楽しそうだったね」

「それは、まあ……春組と芝居《しばい》をやる機会もあまりないですし」

千景の代役として出ていた稽古中の様子を東《あずま》に指摘されて、素直《すなお》にうなずく。

「千秋楽もすごく良かったしね」

「ああ、手伝った甲斐《かい》があった」

紬の言葉に、丞が満足げに同意する。

「今回は、密くんも色々と奮闘《ふんとう》したようだね」

「……彼とは、過去の決着がつけられたんだよね？」

誉《ほまれ》に続いて東がたずねると、密は黙々《もくもく》とマシュマロをつまみにワインを飲みながらうなずいた。

「……うん」

「良かったね」

「それは何よりだ」

「ま、本人同士のことだからな。外野は黙《だま》っておこう」

東も誉も丞も、詳細《しょうさい》は聞かず、ただ笑みを浮かべる。

「……紬、丞、アリス、東」

密は一人一人の顔を見ながら名前を呼ぶと、少しためらいながら、先を続けた。

「……オレは、失《な》くしてた過去を取り戻した。でも、同時に、大切な人を失っていたことも思い出した。……この間、東が言ってた。オレたちはお互《たが》いに踏《ふ》み出さないままだったって。オレはそういうみんなとの距離感《きょりかん》が嫌《きら》いじゃないけど……でも、知ってほしい。オレの過去のこと」

密はそこまで言うと、視線を落とした。

「もしかしたら、オレの過去を知ることは危ないことかもしれない。すべてを話すのは無理かもしれない……でも、いつか、オレの中で整理がついたら、みんなに聞いてほしい。……これは、わがまま？」

密が視線を上げてたずねると、東がふわりと微笑んだ。

「……わかった。待ってるよ、密」

「マシュマロ食いたい、どこでも寝《ね》たい……お前がわがままじゃなかったことなんてあるか？」

「そうとも。密くんのわがままを処理するのは、もはやワタシのライフワークの一部だよ」

あきれたような丞の言葉も、口調は温かい。誉も力強くうなずいた。

「密くん、大丈夫だよ。俺たちも一緒《いっしょ》に背負うから」

紬がそううなずくと、密はほっとしたように笑みを浮かべた。

「……ありがとう」


夜も更《ふ》けて、睡魔《すいま》に勝てずに眠《ねむ》りにつく団員たちも増えてきた頃《ころ》、中庭のベンチには密が一人で座っていた。

頭上高く浮かぶ月をぼんやりと見上げながら、ワインのグラスを片手にマシュマロを口に放り込む。

「……またそんな甘《あま》いもの食べてるのか」

音もなく背後から近づいた千景が、あきれ顔で声をかける。

密は驚くこともなく、マシュマロの袋《ふくろ》を軽く持ち上げた。

「……食べる？」

「わけないだろう」

あっさりと断って、密の隣《となり》に腰《こし》を下ろす。

そして、同じように月を見上げた。

「……あいつと三人で、よくこうして月を見ながら酒盛りしたな。お前のつまみはいつも甘いものばっかりで……」

「……オーガストも食べてた。エイプリルだけが、一人で自分のつまみ食べてた」

「お前たちが甘いものばっかり持ってくるからだろう」

「……オーガストは、エイプリル用のつまみも用意してた」

千景が嫌《いや》なものを思い出したというように、顔を顰《しか》める。

「辛《から》さを甘さで包んだような微妙《びみょう》な味のやつな。辛くないものは食べないって言ってるのに、あいつ……」

「……一部は辛いからって」

「めちゃくちゃだ」

千景が眉《まゆ》を下げて笑うと、密も口元を緩《ゆる》めた。

「……うん」

DECE

「……大切だった。大事な大事な家族だった。俺たちの」

泣き笑いのような表情で、そっと千景が漏《も》らすと、密が目を閉じてうなずく。

「……うん」

「出張中にお前とあいつが任務中に死んだと聞かされた。しかも、お前が組織を裏切ったせいだと……。最初は信じられなかった。組織から俺も尋問《じんもん》を受けて、お前たちの死を悼《いた》んで泣くこともできなかった」

千景の言葉を、密はじっと黙ったまま聞いていた。

「千秋楽の舞台の上で、オーガストと三人でいた頃のことを思い出した。あの時、ようやく本当の意味であいつの死を受け入れることができた気がする」

千景が静かに目を伏《ふ》せる。

軽く首を垂れた二人に、月の光がひそやかに降り注ぐ。

「どうか……お節介《せっかい》で人の幸せばかり考える愛すべき俺たちのオーガストが、安らかな眠りにつけますように……」

千景のまつげが震《ふる》える。

と、密が千景の口にマシュマロを押し込んだ。

「――むぐっ、何を急に」

「……いいから食べて」

密に強要されて、千景が嫌《いや》そうな顔でマシュマロを咀嚼《そしやく》する。

飲み込んだ後、眉間《みけん》に深い皺《しわ》を刻む千景を見て、密は小さく笑い声をあげた。

「……やっぱりまずい」

「俺たちの中に、オーガストはずっといる」

千景は密の笑顔を認めると、しみじみとそう告げた。

「……一緒に生き続けよう。オレたちはかけがえのない家族だから」

「ああ。組織にはお前の存在を隠《かく》すつもりだ。全力でお前の自由な生活を守ってやる。オーガストが望んだように……」

千景の決意のこもった表情を、密がじっと見つめる。

「この劇団の奴《やつ》らにも、絶対に手出しはさせない」

「……うん」

「お前は、第二の人生をここで見つけたんだろ？」

「……うん。人生が何なのかまだよくわからないけど、この劇団で役者として生きていくのもいいかもしれない」

「ま、あんまり有名になりすぎるなよ。バレた時のために、身分はでっちあげておくか。

なんとかハッタリで組織をごまかしてやるよ。いずれ本物の裏切り者が見つかれば、お前に対する捜索《そうさく》の心配もなくなるだろう」

「……ありがとう、千景」

「久しぶりに、とことん飲むか」

千景がグラスを傾けると、密が小首をかしげる。

「飲み比べする？」

「……誰に勝負を挑《いど》んでるんだ？」

密と千景の視線が絡《から》み合い、声なく笑い合った。


「ふああ……おはよう」

いづみがあくび混じりに談話室のドアを開けると、ソファに横たわる春組メンバーたちが目に飛び込んできた。

「……すうすう」

「……ぐうぐう」

「……むにゃむにゃダヨ」

「……すうすう」

様々な寝息《ねいき》を立てる春組メンバーに交じって、密の姿もある。

「みんな、あのまま寝ちゃったんだ」

いづみは途中で自室に戻《もど》ったため、その後、何時まで宴《うたげ》が続いていたのか知らなかった。

（千景さんも、平気で一緒に雑魚寝《ざこね》してる。本当に劇団の一員になったって感じだな）

いづみはそっと笑みを漏らすと、キッチンへと向かった。

（さてと、気合いを入れて後片づけしようかな！）

シンクにはコップやお皿が山盛りになっている。いづみは腕《うで》まくりをすると、スポンジを手に取った。

スポンジに洗剤《せんざい》をつけていた時、ふいに千景が隣に立っているのに気づいて、びくっと体を震わせる。

「あれ!?　起きたんですか？」

「あれだけ大きな足音が響《ひび》けば起きる」

寝起《ねお》きでまだ眠そうな目を細めながら、不機嫌《ふきげん》そうに告げる。

「それは、失礼しました」

いづみは素直に謝《あやま》ると、黙って洗い物を続けることにした。

洗剤で洗った食器を置くと、何も言わずに千景がそれを水で洗い流す。

(でも、洗い物の手伝いはしてくれるんだな)

しばらくの間、黙々と二人で作業をしていると、ふと、いづみが思いついたように声をあげた。

「……そういえば、密さんは昔からどこでも寝ちゃってたんですか?」

「ああ。俺とオーガストが交代で運んでた」

(記憶《きおく》を取り戻しても、密さんは変わらないんだ……)

「密さんの運搬係《うんぱんがかり》が増えて、丞さんが喜びそうですね」

「なんでまたやらなきゃいけないんだ」

千景がうんざりした表情を浮かべる。

「丞さん一人じゃ大変ですから」

いづみがにこにこと笑いながら答えると、千景はため息をついた。

「……そういえば、これからもここで世話になる予定だから」

「え?」

「ちゃんと言っておいた方がいいかと思って」

そんなことを言われると思っていなかっただけに、いづみは一瞬《いっしゅん》言葉を失ってしまう。

「――言われなくても、出ていくなんて思いもしませんでした。貴重な密さんの運搬係ですし」

「監督さんは図々《ずうずう》しいくらい前向きだな」

千景が揶揄《やゆ》すると、いづみはにっこり笑う。

「ありがとうございます」

「ほめてない」

千景は淡々《たんたん》と告げた後、ふと手を止めると、付け足した。

「……ただ、オーガストに少し似てる」

「前向きなところですか？」

いづみが意外に思いながら問いかけると、千景は再び手を動かしながら素《そ》っ気《け》なく答えた。

「図々しいところ」

「なんで、そっちを切り取るんですか」

「それに、押しつけがましいくらいお節介なところ。バカなくらい何かに集中するところ。慣れ慣れしいところ」

「いちいち刺《とげ》があるんですけど」

「オーガストを守る誓《ちか》いを果たすことはできなかったけど……。監督さんのこと、しょうがないから守ってあげるよ。俺たち、家族なんだろう？」

千景がそう言っていづみに微笑みかける。

その表情があまりにも優しくて、いづみの心臓が跳《は》ねた。

（一瞬ドキッとしちゃったけど……もしかして、からかわれてる？）

「女嫌《おんなぎら》いなんじゃなかったでしたっけ……」

いづみが疑《うたが》いの目で千景を見つめると、千景はわずかに首をかしげる。

「監督さんは女っていうか……」

「っていうか？　っていうか、なんですか？　そこで止められると、その先が気になります！」

「女の人って、母親みたいにもっと男にべったり依存《いぞん》する生き物だと思ってたから。依存して、他のものを全部捨てて傷つけて、自分と相手の男のことだけを考えるような自分勝手な生き物……」

「え……」

（母親って……もしかして、それが女嫌いの理由？）

なんでもないことのように突然プライベートな話を打ち明けられて、戸惑《とまど》ってしまう。

いづみが答えに詰《つ》まっていると、千景はにやりと笑った。

「監督さんは違《ちが》うみたいだからね。……っていう説明なら、納得する？」

「まさか、またウソじゃないですよね？」

「さあね」

千景はそれ以上何も言わずに、最後のグラスをカゴに並べた。

（相変わらず読めない……）

いづみが千景の顔をまじまじと見つめた時、廊下《ろうか》の方から物音が聞こえてきた。

「今の、何の音でしょう」

「玄関《げんかん》の方からしたね」

手を拭《ふ》きながら、二人で玄関の方に向かう。

「頼《たの》もうー!!」

玄関のたたきに仁王立《におうだ》ちしていたのは、短髪《たんぱつ》の少年だった。やけに大きなバッグを抱《かか》えている。

「九門《くもん》くん!?」

「……誰？」

「十座《じゅうざ》くんの弟です」

首をかしげる千景に、いづみが短く説明する。

「おはようございます！」

九門はいづみを認めてにかっと笑うと、声を張り上げた。

「この荷物、どうしたの？」

「オレ、荷物まとめてきました――！」

「え？　え？　何があったの？」

九門がやけに思《おも》い詰《つ》めた表情をしているのに気づいて、いづみは慌《あわ》ててしまう。

「とにかく、お兄さんを呼んでこようか」

「お願いします！」

冷静な千景に、いづみはそう返事をした。


それから間もなく、談話室には妙な緊張感が漂《ただよ》っていた。

普通《ふつう》にしていても強面《こわもて》の顔をさらに凄《すご》ませた十座《じゅうざ》と、緊張した面持《おもも》ちの九門がダイニングテーブルに向き合う形で座っている。

（沈黙《ちんもく》が長い……）

二人ともまったく言葉を発しないまま、見つめ合っていた。

いづみがやきもきしながら十分ほど見守った頃、ようやく十座が口を開いた。

「……それで、何があった」

「兄《にい》ちゃん！　オッ、オレ……秋組《あきぐみ》に入りたい！」

九門は必死の形相でそう叫《さけ》んだ。

「……何？」

（えええええ!?）

窓から夏の訪《おとず》れを感じさせる明るい日差しが差し込む中、ＭＡＮＫＡＩカンパニーに新たな嵐《あらし》が巻き起ころうとしていた。

あとがき

こんにちは。『A3!』メインシナリオ担当のトムです。

本作は、スマホアプリのイケメン役者育成ゲーム『A3!』のメインシナリオに地の文を加筆した公式ノベライズ本、第五巻です。

春組《はるぐみ》から冬組《ふゆぐみ》の旗揚《はたあ》げ公演を描く四巻までが第一部、この五巻から第二部が始まります。第一部に続いて第二部もノベル化ということで、こうしてまたMANKAIカンパニーのお話を振り返ることができてとても嬉しいです。

春組に新たなメンバーが加わり、波乱の展開にというところなのですが、いかがでしたでしょうか。

新メンバーの千景《ちかげ》は劇団にあまりいないタイプのヒールっぽいキャラクターで、ゲーム公開時も、どういった反応をいただくかドキドキしました。事情はあれど、目的のために手段を選ばない千景は敵に回すと面倒ですが、味方になるとこれ以上なく心強いので、これから団員たちとの絆《きずな》を深めると共に皆さんに受け入れてもらえたら嬉しいです。

また今回含まれている真澄《ますみ》の家族のエピソードは、ＭＡＮＫＡＩカンパニーが一つの大きな家族ということを決定づける印象深いお話でした。

今まで真澄の中では監督の存在が大きくあり、その後ろに他の劇団員が並んでいるという位置づけだったのが、これをきっかけに監督と劇団が並列になったのかなと思います。これから夏組《なつぐみ》、秋組《あきぐみ》、冬組と個性的な新メンバーが加入してくるので、引き続きお楽しみいただけたらと思います。

アプリの方ではノベライズになっていない部分のお話なども公開されているので、そちらでも劇団員の活躍を見守っていただけたら嬉しいです。

二〇二〇年二月　トム

番外編

二度目の春

昼下がりの柔《やわ》らかな日差しがＭＡＮＫＡＩ寮《りょう》の中庭に降り注ぐ。軽《かろ》やかな風が春を謳《おう》歌《か》する花々を揺《ゆ》らした。中庭の植物は紬《つむぎ》が加入して以来増え続け、アネモネ、ヒヤシンス、スイセン、スズラン、ラナンキュラスと色とりどり咲《さ》き乱《みだ》れ、訪《おとず》れる劇団員たちの心を癒《いや》している。

ベンチに座《すわ》ったいづみも、ふわりと漂《ただよ》ってくる花の香《かお》りに目を細めた。花々を眺《なが》めながら、膝《ひざ》の上に置いた臣《おみ》特製のＢＬＴサンドの包みを広げる。

こんなうららかな日に草花に囲まれて食べるランチは、格別だ。

「あ、カントクもここでお昼ですか？」

いづみと同じ考えだったらしい咲也《さくや》が顔を覗《のぞ》かせる。いづみはにっこり笑うと、ベンチの端《はし》に寄って、席を空けた。

「ありがとうございます」

いそいそと自分のＢＬＴサンドの包みを広げながら、ふと思い出したように咲也が口を開ける。

「そういえば、今年もお花見行くんですか？」

「あ、そうだね。桜が終わる前に行こうか。今年は千景《ちかげ》さんもいるし、夜桜《よざくら》っていうのもいいかもね」

いづみは一年ほど前、旗揚《はたあ》げ公演が終わった頃《ころ》に春組《はるぐみ》メンバーみんなで行ったお花見のことを思い返した。あの頃劇団全体でも五人だけだったメンバーは、今や冬組《ふゆぐみ》まで揃《そろ》って二十人、さらに千景も加わって二十一人となった。

「全員で行くとなると、公園を占領《せんりょう》しちゃいそうだね」

「春組だけで行きましょうか」

こんな悩《なや》みもうれしいもので、いづみと咲也が自然と笑い合う。

「あれ、先客か」

そんな声と共に、至《いたる》と綴《つづる》が顔を覗かせた。

「みんな考えることは一緒《いっしょ》っすね」

「こういう日は外で食べたくなりますよね」

綴の言葉を聞いて咲也がうなずく。

「公演中は忙《いそが》しくてお昼もゆっくり食べられないし、久しぶりにのんびりできるよね」

昼と夜の二公演ある日は舞台裏《ぶたいうら》でかき込むのが常であり、一公演しかない日もミーティングやら稽古《けいこ》やらでゆっくり食べるということはほぼない。

「せっかくだから、真澄《ますみ》と千景さんも呼んできます」

綴はそう言うなり踵《きびす》を返した。

間もなく、綴に連れられて、いかにも面倒《めんどう》そうに真澄と千景が中庭にやってきた。

真澄はいづみの顔を見るなり、隣《となり》の狭《せま》いスペースに腰《こし》を下ろす。真澄の体は半分ベンチからはみ出ているが、涼《すず》しい表情でいづみを見つめていた。

「ま、真澄くん、ちょっと狭い……」

いづみが居心地悪《いごこちわる》そうに身じろぎすると、慌《あわ》てたように咲也が立ち上がる。

「オレ、どきましょうか！」

「もっと早くどけ」

「後から来て偉《えら》そうにするな！」

冷たい目で咲也を邪険《じゃけん》にする真澄に、綴が突っ込む。

結局ベンチは窮屈《きゅうくつ》ながらも三人で座ることになった。

うれしそうにいづみの隣でサンドイッチを頰張《ほおば》る真澄を、あきれた表情で綴たちが見つめる中、咲也が空気を変えるように声をあげた。

「さっき、お花見の話してたんですよ」

「あ、今年も行くんすか」

「みんなでおフナ見楽しいネ！」

綴に続いてシトロンが顔をほころばせる。

「フナ見るの」

「お花見！」

至が淡々《たんたん》とシトロンの言い間違《まちが》いに悪乗りすると、綴が訂正《ていせい》する。

「千景さんは、お花見とか行きます？」

一歩離《はな》れたところで会話を聞いていた千景にいづみが水を向けると、千景は少し考えるように首をかしげた。

「会社で行くくらいかな」

「そんなもんですよね」

学生ならまだしも、社会人となると自発的に友人同士で集まる機会も少なくなる。自然と強制参加のイベントだけが残ることになる。

「散る前に行きたいよね。今度の日曜日とかどうかな」

いづみの提案に、メンバーたちが次々に声をあげ、予定を確認し合った。

「監督《かんとく》さん」

夕食の後、自室に戻《もど》ろうとしていたいづみは、後ろから千景に呼び止められて、振り返った。

「日曜のお花見の場所決まった？」

千景が数日前の話を持ち出すと、いづみが大きな声をあげる。

「あ！　調べておこうと思ってまだ……」

春組の公演が終わったとはいえ、次の夏組《なつぐみ》公演の準備や事務手続きに時間を取られて、お花見の計画についてはまったく手つかずだった。

「車で一時間くらいかかるけど、ちょうど見頃《みごろ》になりそうなところがあったよ」

「車ですか。至さんに頼《たの》めるかな。でも、この人数を運ぶとなると……」

「俺がレンタカー借りとくよ。バンなら全員乗るでしょ」

「いいんですか？」

いづみが問いかけると、千景はにっこり笑ってうなずいた。

「ありがとうございます」

ほっとしたようにいづみも微笑《ほほえ》み返した。

週末、千景の案内で訪れたのは、のどかな田舎《いなか》の風景が広がる小高い丘《おか》の上だった。抜《ぬ》けるような青空の下、ひらけた土地に多くの桜の木が満開の花を揺らしている。

「わあ、すごい満開！」

感嘆《かんたん》の声を漏《も》らしながら、いづみが頭上を見上げる。

「人も少ないし、穴場ですね」

「よく知ってましたね、こんなとこ」

自分たち以外にはちらほらとしか人がいないのを見て、綴と至が感心したように告げる。

「さては裏のコネを使ったネ」

「たまたまこの山の所有者のおじいさんが道端《みちばた》で倒《たお》れてるのを見つけてね。空腹で動けないって言うから持ってたお団子《だんご》をあげたんだ。そうしたら桜がキレイだからぜひ見に来いって」

怪《あや》しむようなシトロンの視線を受けて、千景は涼しい顔でつらつらと説明する。

「そうだったんですか！」

「絶対ウソだろ」

咲也が目を丸くすると、綴がすかさず突っ込む。

「辛党《からとう》が団子持ち歩いてるわけない」

真澄も冷静に告げると、咲也が再び驚《おどろ》きの声をあげた。

「え!? ウソなんですか」

「さあ、どうかな。でも所有者と知り合いっていうのは本当。関係者しか入れないから、人が少ないんだよ」

千景があいまいな笑《え》みを浮かべながら告げると、いづみは納得《なっとく》したようにうなずいた。

「なるほど」

「夜はライトアップするから見てってくれって」

「楽しみですね！」

咲也は顔をほころばせた。

到着《とうちゃく》したのが遅《おそ》い時間だったこともあり、持ってきたお弁当に舌鼓《したつづみ》を打っているうちに徐々《じょじょ》に日が傾《かたむ》いていった。空の青がうっすらとグレーがかってくると、ぽつりぽつりと周囲の灯籠《とうろう》に灯《あか》りがともり始めた。

「明かりがついたよ」

すぐそばに置かれていた灯籠に初めて気が付いたかのように、至が声をあげる。まだ周囲が明るいこともあって、灯籠の灯りはか細く心もとない。

「大分日が長くなったよね」

「でも暗くなるのはあっという間だ」

いづみがビールの缶《かん》を傾けながら空を見つめると、千景がそう答えた。

千景の言葉通り、みるみる辺りの闇《やみ》が深まっていき、鮮《あざ》やかな桜色が沈《しず》んでいく。

「少し肌寒《はだざむ》くなってきたね」

ふいにひんやりとした風が吹き抜けていき、いづみは半袖《はんそで》から覗く腕《うで》を撫《な》でさする。

「だったら俺がそばに——」

「はい」

真澄がいづみに寄り添うより速く、千景がフリース素材のブランケットを差し出した。

「ブランケット持ってきてたんですか。ありがとうございます」

いづみがありがたく受け取って肩《かた》に羽織ると、真澄が恨《うら》めしげに千景を睨《にら》んだ。

「用意がいいっすね」

綴は真澄の様子を見て苦笑いを浮かべながらも、千景の気遣《きづか》いをほめる。

「あと、これ。熱燗《あつかん》も作れるし、コーヒーも飲めるから」

千景がそう言いながら出してきたのは、アウトドア用のシングルバーナーと鍋《なべ》だった。

「完璧《かんぺき》すぎでは？」

熱燗という言葉を聞いて、至の目がきらりと光る。

「このまま騙《だま》されて変な契約《けいやく》させられそうダヨ！」

シトロンも興奮を隠《かく》せない様子で身もだえする。夜桜に熱燗の組み合わせは、それくらい魅力的《みりょくてき》だ。

「人聞きの悪い。まあ、色々面倒もかけたし、これくらいはね」

「そんなに無理しなくていいっすよ」

何気ない風に付け加えた千景に、綴がお湯を沸《わ》かす準備を手伝いながらそう告げる。

「そうですよ。これからは家族なんですから、水臭《みずくさ》いです」

咲也もふわりと笑うと、千景はわずかにバツが悪そうに微笑み返した。年下の二人に気遣われたのが照《て》れ臭《くさ》いというのもあるのだろう。

「あー、なんかピザ食べたいですね」

「おつまみに炭火焼の焼き鳥食べたいネ！」

「急に横柄《おうへい》になったな」

悪乗りする至とシトロンの言葉を聞いて、千景が苦笑いする。

「監督を拉致監禁《らちかんきん》した時のことだけど」

ふと、真面目な表情で真澄が切り出すと、千景もわずかに表情を変えた。

「うん」

「レポート提出して」

「レポート？」

千景が思わず首をかしげる。

「俺と離れてる間の監督の様子の詳細《しょうさい》なレポートを渡せば許してもいい」

「何それ!?」

「なんでそうなる!?」

いづみと綴が勢いよく突っ込んだ。

「別にいいけど」

「いいわけないでしょう！」

いとも簡単にうなずく千景に、いづみが再度突っ込みを入れる。

「というか、あの状況《じょうきょう》でずっと公演のこと気にしてたよ」

「生粋《きっすい》の演劇バカネ！」

「普通《ふつう》、そこは自分の身の心配じゃないんすか」

思い出したように千景が告げると、シトロンと綴が驚《おどろ》いたようにのけぞる。

「監督さんも結構アレだよね」

「アレってなんですか！」

至の小さなつぶやきに、すかさずいづみが反応する。

「監督さんへの埋《う》め合《あ》わせは、これから役者として芝居《しばい》で埋め合わせしていくつもり」

「当然です！」

千景が殊勝《しゅしょう》に告げると、いづみは監督としての威厳《いげん》を保つように大仰《おおぎょう》にうなずいた。

「まあ、無理しない程度でいいですけどね」

いづみがそう付け加えると、千景は苦笑いを浮かべる。

「無理してるわけじゃなくて、手のかかる家族が多かったから自然とやってるだけだ」

「意外と苦労性《くろうしょう》なんすね」

綴がしみじみとつぶやく。大家族の一員として弟たちの面倒を見ていた綴としては、身に染《し》みついた性分《しょうぶん》として世話を焼いてしまうということに共感するところがあるのだろう。

「じゃあ、遠慮《えんりょ》なくピザ追加で」

「おい」

徳利《とっくり》に手を伸《の》ばしながら飄々《ひょうひょう》と告げる至に、千景が思わずといった様子で突っ込んだ。

すっかり夜も更《ふ》けた頃、咲也があくびを漏《も》らしたのをきっかけに、宴《うたげ》はお開きとなった。

熱燗のおかげでお酒がすすんだせいか、すっかり出来上がった至とシトロンは早々に車に乗り込んで伸びていた。咲也と真澄も睡魔《すいま》に吸い寄せられるようにシートで眠《ねむ》りにつき、片づけは綴と千景、いづみの三人で行われた。

「俺、ゴミ捨ててきます」

「ありがとう」

いづみはゴミ袋《ぶくろ》を手にした綴に礼を言い、千景と協力してレジャーシートを畳《たた》む。

「そういえば、舞台《ぶたい》に穴を開けようとした時のことですけど――」

ふと、思い出したようにいづみは口を開いた。千景が視線だけで応え、先を促《うなが》す。

「怒《おこ》ってないわけじゃないんですよ。もし、千景さんのせいで公演が台無しになったら、きっと私は一生恨んだと思います」

いづみが静かなまなざしで千景を見据《みす》える。

事情はどうあれ、千景のしたことは身勝手としか言いようがない。

旗揚げ公演から順調に公演を重ねて借金も返済し、ファンも増えてきたとはいえ、その経営は多くの劇団と同じように自転車操業に近い綱渡《つなわた》り状態だ。劇団の都合で、公演が延期ならまだしも中止ともなれば、チケットの払《はら》い戻《もど》しやキャンセルで金銭的に大打撃《だいだげき》を受けるだろう。

お金のことがなんとかなったとしても、期待して待っていたファンの信頼《しんらい》を裏切るということは、大問題だ。その責任は他の劇団員たちが背負うことになる。後に公演を控《ひか》える団員たちのモチベーションにも関わる。

何より本番を目指して稽古を重ねた春組のメンバーたちの努力も、綴の脚本《きゃくほん》も、幸《ゆき》の衣装《いしょう》も、大道具もすべてが台無しになってしまう。監督として、容易に見過ごせることではない。

いづみはその思いを込めて千景を見つめた後、でも、と先を続けた。

「オズワルドは良かったです。特に、千秋楽《せんしゅうらく》のリックに見送られてる時の表情……」

あの芝居を観《み》た時の全身が震えるような瞬間《しゅんかん》を、いづみはまだ鮮明《せんめい》に覚えている。

舞台の上でも、普段《ふだん》でも、それまでの千景にはなかった表情だった。オズワルドが自らの罪を自覚し、後悔《こうかい》するのと同時に本来の自分を取り戻した瞬間は、オズワルドと千景自身が重なった瞬間でもあったのだろう。

「本当は監督としてこんな考え方はいけないのかもしれないですけど、今までの人生が卯《う》木《き》千景っていう役者を作り上げて、あの芝居をさせたと思うと、すべて許せてしまう気がするんです」

そっと胸の内を告白するようないづみの言葉を聞いた瞬間、千景がわずかに目を見開いた。それから、ごまかすように微笑む。

「監督さんって本当に演劇バカでアレなんだね」

「繰《く》り返《かえ》さなくていいです！」

自覚はあるだけに、いづみがむっとした表情を浮かべると、千景は肩をすくめて首を横に振った。

「いや、ほめ言葉だよ。あいつが役者にハマった気持ちがちょっとわかった気がする」

あいつ、と親しげに指したのは御影密《みかげひそか》のことだ。二人の間にある浅からぬ縁《えにし》を知るいづみがそれを察して、にやりと笑う。

「やればやるほど楽しくて抜けられなくなりますよ。私が保証します」

「怖《こわ》いな」

千景は本心を匂《にお》わせて、苦笑いを浮かべた。

「夜の桜は昼の桜とはまたちょっと違《ちが》った魅力がありますね」

いづみが灯籠の灯りに照らされた桜を見上げる。灯りは昼とは打って変わった確かな温かさで周囲を映し出す。

満開の桜は光と影《かげ》のコントラストの中でその表情を変え、艶《つや》を帯びる。

いづみはその変化に、新たな魅力を得た春組の未来を垣間見《かいまみ》たような気がした。

A3!
Act! Addict! Actors!

◆ご意見、ご感想をお寄せください。
[ファンレターの宛先]
〒102-8177 東京都千代田区富士見2-13-3
株式会社KADOKAWA　ビーズログ文庫アリス編集部
「A3!」宛

●お問い合わせ(エンターブレイン ブランド)
https://www.kadokawa.co.jp/
(「お問い合わせ」へお進みください)
※内容によっては、お答えできない場合があります。
※サポートは日本国内のみとさせていただきます。
※Japanese text only

A3!
めざめる月《つき》

トム
原作・監修／リベル・エンタテインメント

2020年2月15日　初版発行

発行者	三坂泰二
発行	株式会社KADOKAWA
	〒102-8177　東京都千代田区富士見2-13-3
	0570-060-555(ナビダイヤル)
デザイン	平谷美佐子(simazima)
印刷所	凸版印刷株式会社
製本所	凸版印刷株式会社

ISBN978-4-04-735831-7　C0193

Printed in Japan
定価はカバーに表示してあります。
◇◇◇

次巻予告
一人で立ってるわけじゃない。
だから、一緒に乗り越えよう。
今度こそ。
A3! 続・克服のSUMMER!
第二部公式小説第2弾! 2020年4月15日 発売予定!!

ビーズログ文庫アリス

A3!

Act! Addict! Actors!

アニメ化

話題のイケメン役者育成ゲーム
初の公式ノベル！

大好評発売中！

①The Show Must Go On!　②克服の SUMMER!
③バッドボーイポートレイト　④もう一度、ここから。
⑤めざめる月

トム

原作・監修：リベル・エンタテインメント　イラスト：冨士原良《ふじわらりょう》

かつての栄光を失った潰れかけのボロ劇団を立て直すことになったあなたは、劇団の主宰兼『総監督』を任されて……!?　巻末には書き下ろし短編も収録！